김문형 新무협 판타지 소설

FANTASTIC ORIENTAL HEROES

실명무사 11

김문형 新무협 판타지 소설

초판 1쇄 찍은 날 § 2020년 1월 15일
초판 1쇄 펴낸 날 § 2020년 1월 22일

지은이 § 김문형
펴낸이 § 서경석

총괄팀장 § 노종아
편집책임 § 신나라

펴낸곳 § 도서출판 청어람
등록번호 § 제387-1999-000006호
등록일자 § 1999. 5. 31
어람번호 § 제2-2822호

주소 § 경기도 부천시 부일로 483번길 40 서경B/D 3F (우) 14640
전화 § 032-656-4452 팩스 § 032-656-4453
http://www.chungeoram.com
E-mail § chungeorambook@daum.net

ISBN 979-11-04-92116-2 04810
ISBN 979 11 04-91975-6 (세트)

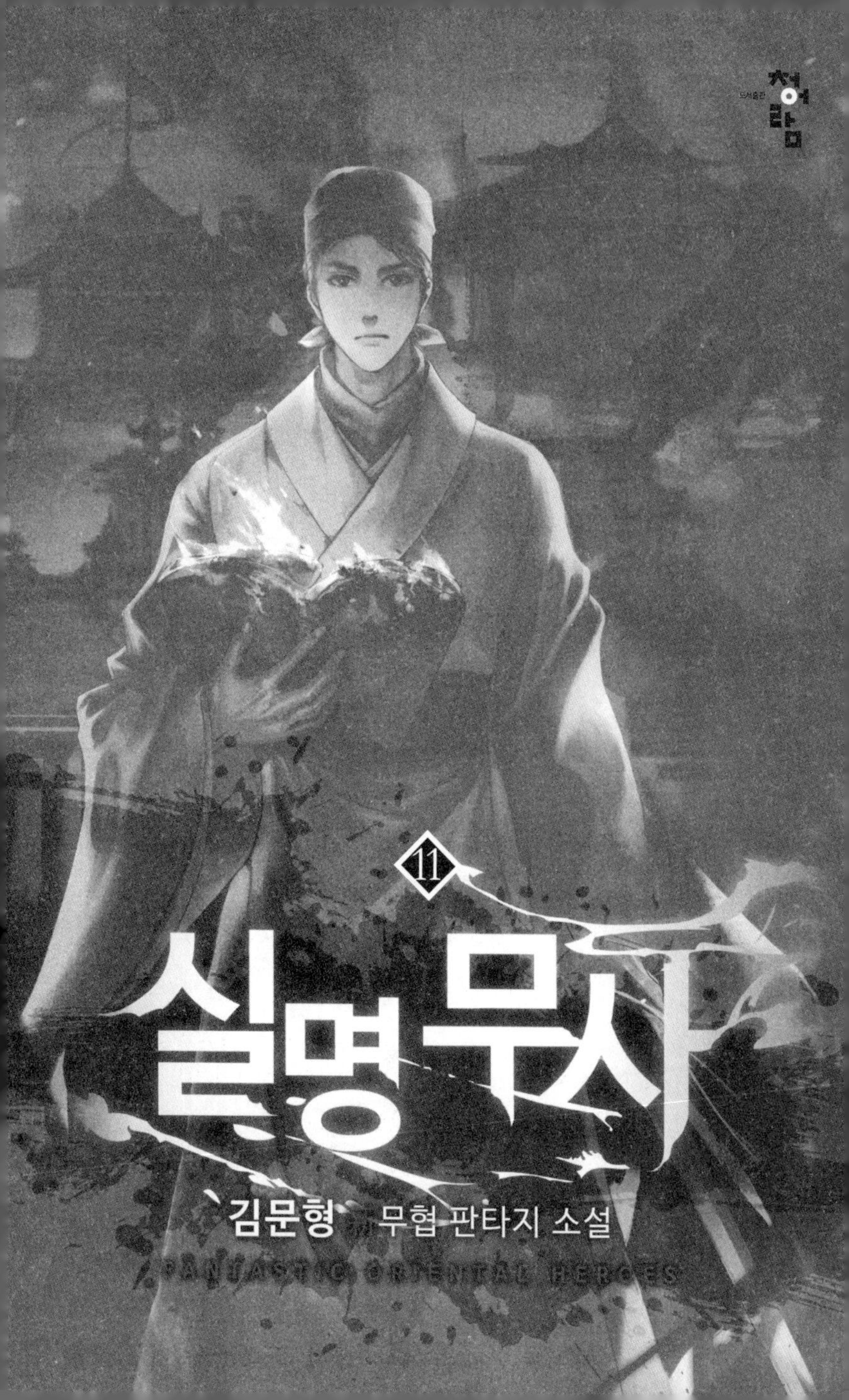
도서출판 청어람
11
실명무사
김문형 무협 판타지 소설
FANTASTIC ORIENTAL HEROES

1장.

잠행 시작

　자시가 지나고 반 시진 뒤.

　밤하늘은 칠흑처럼 어두웠다. 그러나 돌판 속으로 난 구멍
은 더욱 어두웠다.

　의지할 것이라곤 육안룡의 빛 줄기뿐. 잠행조는 진문을 선
두로 해서 한 명씩 암흑 속으로 내려가기 시작했다.

　구멍 밑으로는 돌계단이 이어졌다. 돌계단은 조금 가서 끝
이 나고 곧 비좁은 통로가 나왔다. 통로도 얼마 가지 않아서
끝이 났다.

　지금부터가 문제였다.

　잠행조의 눈앞에 잔도가 나왔던 것이다.

수직으로 깎아지른 절벽에 나무 판을 박아서 계단처럼 만들어놓은 잔도. 편복선생을 제외하면 모두 무공을 익힌 강호인이니 잔도를 내려가는 것이 어렵다고 할 수는 없었다.

그러나 중간에서 망자와 마주친다면?

실로 목숨을 건 외줄 타기.

하지만 진문을 포함한 소림 십팔나한은 조금의 주저도 없이 잔도를 내려가기 시작했다.

임윤이 편복선생에게 말했다.

"내 등에 업혀서 꽉 붙잡아라. 손을 놓쳐도 안 구해준다."

"걱정 말게. 단지 예전 잠행 때 넓고 편안했던 소림승의 등판이 아쉽군."

명문정파인은 아니었지만 둘은 절벽의 잔도를 눈앞에 두고 농담을 건넬 정도로 대담했다. 무명은 삼 조에 둘을 넣은 것이 실수가 아니라고 생각했다.

잠행조는 한 명씩 차례대로 잔도를 내려갔다.

깎아지른 절벽에 일렬로 늘어선 개미 떼 같은 행렬.

행렬의 하강은 순조로웠다. 하지만 무명은 한 가지 문제를 생각하고 있었다.

곧이어 걱정했던 문제가 잠행조의 앞을 가로막았다.

먼저 무명 일행이 탈출할 때는 잔도 중간에 반대편으로 이어지는 줄다리가 있었다. 마침 잠행조가 그 지점에 도착했다.

그러나 잔도에는 동아줄 파편만이 덜렁덜렁 매달려 있었다.

당연했다. 무명이 망자에게 폭혈화부를 쓰는 바람에 다리는 독혈에 녹아서 끊어져 버리지 않았는가?

결국 절벽 반대편으로 건너갈 방법이 사라진 것이었다.

잔도의 밑바닥은 혈선충 단지가 있던 동혈이 존재한다. 또한 언제 어디서 망자들이 튀어나올지 모른다.

무엇보다 가장 큰 문제는….

'잔도의 바닥은 책가도 지도에 없는 길이다.'

도처에 망자가 도사리고 있는 곳. 모르는 길로 들어간다면 위험을 자처하는 꼴이 되리라.

그때였다.

잠행조의 선두, 즉 가장 밑에서 내려가던 진문이 사제들에게 명령했다.

"모두 다리를 만들어라."

"예."

소림승 여섯 명이 등에 멘 봇짐에서 밧줄을 꺼냈다. 그리고 밧줄 한쪽을 자신의 허리에 묶고 다른 쪽을 나무 판에 묶어서 안정 장치를 만들었다.

"시작한다."

진문이 한 손으로 나무 판을 잡은 채 두 발을 잔도에 고정하고 비스듬히 섰다.

그러자 위에 있던 소림승이 두 발로 진문의 어깨를 밟고 섰다. 진문이 남은 팔을 소림승의 장딴지에 둘러서 단단히 붙잡았다.

계속해서 소림승 하나가 재차 동료의 어깨를 밟고 섰다. 물론 밑에 있는 자는 양손으로 장딴지를 꽉 붙들었다.

그렇게 네 명의 소림승이 일렬로 서서 인간 사다리를 만들었다.

"모두 조심하도록."

진문이 나무 판을 잡은 팔을 쭉 펴며 최대한 몸을 기울였다. 그러자 소림승이 만든 인간 사다리가 허공을 향해 최대한 수평이 되도록 눕는 것이 아닌가?

임윤이 나직하게 중얼거렸다.

"대단하군."

무명 역시 그 말에 동감했다.

하지만 소림승들이 만든 사다리가 과연 유용할지는 의문이었다.

네 명이 줄을 이었으나 사다리의 길이는 이 장을 간신히 넘는 정도였다. 반면 잔도 건너편까지는 그보다 열 배, 아니, 스무 배 이상 멀리 떨어져 있지 않은가?

그런데 소림승들의 인간 사다리는 단지 준비에 불과했다.

소림승 중 눈빛이 유난히 형형한 진공이 밑으로 내려와 진문의 등을 밟고 섰다.

"후우우우……."

그는 크게 한 번 심호흡을 한 뒤 네 명의 등을 밟으며 달려

나갔다. 그리고 마지막 사제의 어깨를 박차며 허공에 몸을 날렸다.

"하아앗!"

무명은 진공이 몸을 날린 속도와 절벽 맞은편까지의 거리를 계산하다가 고개를 저었다.

건너편 통로까지는 아무래도 무리였다.

잘해야 삼분지 일 거리에 도달하는 게 고작일 것이다. 허리에 밧줄을 묶어서 추락할 염려는 없겠으나 진공의 도약은 헛수고로 끝나리라.

'아쉽군.'

그때 무명의 예상을 뛰어넘는 일이 벌어졌다.

곧바로 십팔나한의 막내인 진명이 사형들의 등을 밟고 이차 도약을 한 것이었다.

타타타탓… 부웅!

진명의 신형이 허공에 길게 잔상을 남기며 날아갔다.

제아무리 경공이 뛰어나도 수십 장을 일직선으로 날 수는 없다. 진명은 조금씩 포물선을 그리며 아래로 하강했다.

하지만 그것 역시 소림승들의 계산하에 있었다.

진명이 먼저 뛰었던 진공의 어깨를 밟았던 것이다. 진공의 도약은 헛수고가 아니라 징검다리를 놓기 위한 포석이었다.

타앗!

사형의 어깨를 발판 삼아 진명이 재차 뛰어올랐다.

좌르르륵! 진명이 잔도 나무 판에 묶은 밧줄 꾸러미가 빠르게 풀려 나갔다.

숨 막히는 시간이 지났을 때.

어둠 속 멀리에서 탁 하고 작은 소리가 들렸다. 곧이어 소림 승이라고 하기에는 앳되고 낭랑한 청년의 목소리가 암흑을 뚫고 들려왔다.

"성공했습니다."

먼저 잠행조가 탈출하면서 불타 버렸던 함곡관의 다리.

어둠 속으로 수십 장 넘게 떨어진 맞은편 통로로 갈 방법은 없다고 생각했다. 그런데 소림 십팔나한 여섯 명이 일종의 합격진(合擊陣)을 펼쳐서 멋지게 해법을 찾아낸 것이었다.

잠행조는 너 나 할 것 없이 고개를 끄덕이며 감탄했다.

하지만 소림승들의 쾌거를 시큰둥하게 말하는 자가 있었다.

"짐만 없으면 저 정도쯤은 당문도 할 수 있지."

싸늘한 목소리의 주인은 당청이었다.

그녀의 말은 변명이 아니었다. 당문삼독이 갖고 온 짐은 잠행조 중에서 가장 많았다. 그중 대부분은 당호와 무사가 등에 둘러멨으나, 그러고도 짐이 남아서 당문삼독이 다시 혁낭에 넣고 몸에 둘러야 했던 것이다.

그러나 그녀의 말은 쓴웃음이 나오게 만들었다.

단순히 경공 대결을 벌이라면 당문이 소림을 이길지도 모른다. 하지만 잠행에서 중요한 것은 그게 아니지 않은가?

십팔나한이 방금 보인 합격진은 누구 하나 신체 능력이 부족하거나 실수를 저질렀으면 여섯 명이 모두 추락하는 참사가 나왔을지도 몰랐다. 즉, 잠행에서는 단순히 무공이 뛰어난 자보다 십팔나한처럼 손발이 척척 맞는 게 중요했다.

사람들은 사천당문의 오만함이 어느 정도인지 알 수 있었다.

계속해서 소림승들은 다리를 만들기 시작했다.

진명이 허리에 감은 밧줄을 풀어 다리가 있던 곳에 단단히 묶었다. 그러자 진문이 자신의 밧줄을 진명 쪽을 향해 던졌다.

촤르르르!

끝에 매듭을 묶어서 무게 추를 만든 밧줄이 뱀처럼 어둠을 뚫고 날아갔다.

탁! 진명이 밧줄을 낚아챘다.

이어서 다른 소림승도 진명에게 밧줄을 던졌다. 곧 세 개의 밧줄이 낭떠러지를 건너서 길게 연결되었다.

먼저 있던 줄다리만은 못하지만 즉석에서 절벽을 건널 방법이 완성되었다.

무명, 정영과 함께 지하 도시를 탈출했던 진문.

그는 그때의 일을 떠올리며 만반의 준비를 갖추었던 것이다. 이번 잠행에 십팔나한 여섯 명을 동원한 소림 방장의 결의도 느낄 수 있었다.

잠행조가 밧줄을 건너기 시작했다.

소림승들은 두 명이 선두에 나갔고 세 명은 후미에 남아서 혹시 밧줄이 풀어질 불상사를 대비했다.

밧줄은 양옆으로 나란히 두 줄이 있고 그 밑으로 한 줄이 있었다. 사람들은 양손으로 두 줄을 잡고 균형을 유지한 채 밑의 밧줄을 밟고 어둠 속으로 전진했다.

소림승들이 팽팽하게 묶어서 고정한 밧줄.

그러나 수십 장 길이의 밧줄이 아래로 늘어지는 것은 막을 수 없었다. 사람들의 몸무게가 실리자 밧줄은 포물선을 그리며 더욱 늘어졌다.

무공을 모르는 편복선생 같은 자는 발이 미끄러져서 떨어져 버릴 곡예.

하지만 잠행조는 평지를 걷는 것처럼 밧줄을 탔다. 편복선생도 임윤의 등에 업혔기 때문에 추락할 걱정은 없었다.

절벽을 무사히 건넌 잠행조는 한 명씩 돌벽을 뚫고 나 있는 동혈로 들어갔다. 그러면서 진명, 진공 등의 소림승에게 고개를 끄덕이며 감사를 표했다.

이윽고 잠행조 전원이 절벽을 건넜다.

동혈은 어른 두 사람이 나란히 걷기 힘들 만큼 비좁았다. 잠행조는 자연히 일렬로 서서 이동했다.

그때 중간에서 걷던 무명이 이상한 낌새를 눈치챘다.

아니, 아무 낌새가 없는 게 이상했다.

'망자들의 기척이 전혀 없군.'

지난번 탈출 때는 망자들이 내는 기이한 숨소리가 어딘가에서 희미하게 들려와서 심장을 옥죄곤 했었다. 그런데 지금까지 망자 소리를 한 번도 듣지 못했던 것이다.

망자들은 모두 어디로 갔을까?

무림맹의 잠행을 알아차리고 어딘가에 숨어 있는 것일까?

다른 자들도 본격적으로 잠행이 시작된 걸 깨달았는지 언제든 뽑을 수 있도록 검 자루를 앞으로 향했다.

일직선으로 뚫린 동혈을 통과하는 데 밥 한 끼 먹을 시간이 지났다.

…다행히 망자의 습격은 일어나지 않았다.

동혈을 나오자 육안룡의 빛 줄기가 시퍼런 물을 비췄다. 바로 정영이 빙옥환을 깨뜨린 후 얼음이 녹아서 호수가 된 곳이었다.

지난번에 타고 건넜던 나룻배가 호수 한쪽에 둥둥 떠 있었다.

현재 인원은 모두 스무 명. 짐까지 있기 때문에 한 번에 배를 타고 건너기는 무리였다. 잠행조는 두 번에 걸쳐서 호수를 건너기로 했다.

먼저 무혜와 정결사태, 소림 십팔나한, 창천칠조가 호수를 건넜다.

이어서 진문이 빈 배를 몰고 오자 남은 사람들이 올라탔다.

그런데 배가 아슬아슬할 만큼 깊이 잠겼다. 당문삼독의 짐이 다른 사람들 것을 모두 합친 것보다 무거웠기 때문이다.

임윤이 말했다.

"배가 가라앉을 것 같으면 당문 놈들 먼저 뛰어내려라."

당청이 싸늘하게 그 말을 맞받아쳤다.

"먼저 악인 놈의 목을 베어서 물에 던져도 가라앉는다면 그리하지."

"내 목이야 별로 안 무거울 텐데, 후후후."

배는 천천히 호수를 가로질렀다.

도중에 자욱한 안개 속에서 이 층 전각이 모습을 보였다.

무명은 싸늘한 시선으로 전각을 쳐다봤다.

빙옥환으로 얼어붙은 호수에 갇혀 있던 문사. 그는 망자비서를 숨기고 있는 것처럼 연기해서 지상으로 나갔다. 교활한 술책으로 무명과 잠행조를 속여 넘겼던 것이다.

그때 이강이 생각을 읽었는지 슬쩍 전음을 보냈다.

[연기가 아닐 수도 있다.]

[무슨 뜻이지?]

[이 호수가 빙옥환으로 얼어붙어 있었다고? 그럼 문사 놈이 한기 속에서 오랜 시간 갇혀 있었겠군.]

[망자가 추위에 약하다는 말을 하려는 거요?]

[그래. 문사가 망자라면 그때는 한기 때문에 행동과 기억이

흐릿하지 않았을까?

일리 있는 추측이었다.

글 읽기에 빠져 정신이 이상해졌다고 여겼던 문사. 그런데 이강은 그게 연기가 아닐지 모른다는 가능성을 제시한 것이다.

[얼음이 녹고 한기가 사라지자 자신이 망자라는 것을 깨달았을지도 모르지. 아니면 잠들어 있던 혈선충이 그때부터 다시 움직였다든가.]

만약 이강의 말이 맞다면 문사는 어느 순간 자신의 정체를 기억해 냈으리라. 그리고 자신을 추종하는 만련영생교가 소림사 행렬을 공격했을 때 시황임을 선포한 것이리라.

이강이 비웃음을 흘리며 말했다.

[무림맹이 망자비서 얻는 데 정신이 팔려서 괴물을 풀어준 셈이군, 후후후.]

[……]

할 말이 없었다.

무명도 문사에게 속아서 빙옥환 호수에서 탈출하도록 도운 자 중 한 명이 아닌가.

곧 호수가 끝나고 뭍이 나왔다. 돌벽에는 호수 반대편처럼 끝이 보이지 않는 어두운 동혈이 입을 벌리고 있었다.

스무 명의 잠행조는 각자 짐을 챙기고 다시 이동할 준비를 했다.

그때 무혜가 무명을 보며 말했다.

"이 동혈부터 거미줄처럼 얽힌 통로가 끝없이 이어진다고 들었습니다."

"그렇습니다."

진문이 상세히 보고했는지 소림 방장은 지하 도시의 상황을 잘 알고 있었다.

"그럼 본격적으로 작전을 시작하지요."

무혜가 잠행조를 둘러보며 말했다.

"지금부터 네 개 조는 따로 흩어져서 잠행합니다. 각 조의 작전 목표를 설명하겠습니다."

호수를 떠나 동혈로 들어가면 본격적으로 지하 도시가 펼쳐진다.

그때 소림 방장 무혜가 작전 시작을 명했다.

"네 개 조는 지금부터 단독으로 흩어져서 잠행합니다."

그가 당문삼독에게 말했다.

"이 조는 괴물의 입이 있는 공터로 가십시오. 거기서부터 망자 척결을 시작하십시오."

"알겠소."

당청이 고개를 끄덕이며 대답했다.

"공터부터 횡궁으로 난 길이 있는 팔 층 전각까지 망자들이 발을 들이지 못하게 해야 합니다. 망자들이 그곳을 통해 지상으로 올라가면 최악의 사태가 벌어질 것입니다."

당호가 포권지례를 올리며 말했다.

"맡겨주십시오, 맹주님. 제가 길 안내를 하겠습니다."

괴물의 입. 망자들의 머리가 둥둥 떠다니며 핏물 속에서 거대한 촉수가 뻗어 나와 잠행조를 공격하던 공터.

그곳을 아는 것으로 볼 때 소림 방장과 사천당문의 인물들은 작전의 윤곽을 어느 정도 그려놓은 것 같았다. 지하 도시를 잠행했던 당호가 안내를 맡도록 조를 짠 것도 이미 정해진 수순이었으리라.

이번에는 무혜가 일 조와 삼 조에게 말했다.

"지하 도시의 통로는 미로를 방불케 한다고 들었습니다. 일 조와 삼 조는 괴물의 입을 지나가지 않고 다른 길을 찾습니다."

이어서 그가 무명을 돌아봤다.

"지하 도시에 다른 길이 존재할 가능성이 있습니까?"

"그렇습니다."

무명은 이전 잠행조를 책가도에 의지해서 최단 경로로 이끌었다. 하지만 지하 도시의 길은 거미줄처럼 얽혀 있다. 분명 괴물의 입을 거치지 않는 다른 길이 존재할 것이다.

"삼 조는 무너진 약방의 벽을 수복하십시오. 만일의 경우 잠행조의 탈출로가 될 것입니다."

"알겠습니다."

"이후는 별동대로 행동하며 만련영생교의 잔당을 찾아주십시오."

약방과 불가의 방으로 이어지는 탈출로.

소림 방장은 진명에게 지하 도시의 곳곳을 상세히 보고받은 게 틀림없었다.

"저는 일 조와 함께 망자 군대가 있는 광장으로 가는 길을 찾겠습니다."

수천 명이 넘는 망자 군대가 사열해 있던 광장.

소림 방장과 일 조가 그곳으로 향하는 이유는 아마도…….

"시황이란 자가 그곳에 있을 확률이 높겠죠."

"……."

무혜의 지하 도시 분석은 완벽했다. 무명은 그의 용의주도함에 침을 삼키며 침음했다.

"임무를 끝마친 조는 지하 황궁으로 오십시오."

지하에 펼쳐진 망자의 황궁. 지상으로 향하는 팔 층 전각이 위치한 곳.

"그곳에서 망자 세력을 뿌리 뽑겠습니다."

망자의 황궁은 지하 도시에서 망자의 숫자가 가장 많은 곳이었다. 당연히 가장 위험한 장소였다.

동시에 망자들을 일망타진하기에 가장 적합한 곳이리라.

그때 이강이 불쑥 말을 꺼냈다.

"미로 속을 헤매다 길을 잃으면? 그때는 어떡하냐?"

그의 목소리는 삐딱했지만 내용은 진지했다. 이전 잠행조가 한번 지나쳐 온 길 말고 다른 통로를 찾는 것은 말은 쉽지만 성공할 가능성은 높지 않을 것이다.

무혜가 이강을 보며 천천히 대답했다.

"그때는 부맹주가 건넨 연락부를 찢으십시오."

"……."

소림 방장의 목소리는 나직하면서도 싸늘하게 가라앉아서 이강마저 더 이상 다른 소리를 못 하게 만드는 힘이 있었다.

연락부를 찢는 것은 작전에 실패해서 낙오되었다는 뜻이다. 즉, 무혜는 낙오된 조는 신경 쓰지 않고 임무 수행을 하겠다고 밝힌 것이었다.

"그럼 모두 무운(武運)을 빕니다."

무혜가 반장을 하며 말했다.

"망자는 이미 죽은 시체이니 살계를 어길 염려는 필요 없겠지요. 아미타불."

살계를 어길 염려는 없다.

손속에 사정을 두지 않고 망자를 제거하라는 뜻.

처음 보는 소림 방장의 냉혹한 모습에 잠행조 인물들은 말 없이 고개를 조아려서 예를 표했다. 그리고 각 조의 인도자를 따라 동혈을 걷다가 갈림길이 나오자 흩어졌다.

각 조가 소림 방장의 명에 따라 흩어진 지 차 한 잔 마실 시간이 지났다.

무명 일행, 삼 조는 약방으로 향하고 있었다.

지하 통로는 어둡고 비좁았다. 산 자의 기척을 숨기는 부적이 있었지만 이래서야 망자가 나와도 옆으로 피할 공간조차 부족했다.

선두에 선 무명은 육안룡의 빛 줄기를 조심스럽게 움직여서 어둠 속을 밝혔다. 망자가 나온다면 먼저 발견한 다음 갈림길로 돌아가 숨기 위해서였다.

긴장감 넘치는 매 순간.

이강이 킬킬거리며 말을 꺼냈다.

"결국 삼 조가 하는 일은 야전 공병이나 다름없군."

야전 공병. 공병은 직접 전투에 나서지 않고 다리나 이동로를 건설하거나 폭파하는 임무를 수행하는 병사들이다.

즉, 이강의 말은 소림 방장이 무너진 벽을 뚫고 탈출로를 마련하라고 한 명령을 비웃는 것이었다.

"말이 좋아서 별동대지, 삼 조는 버리는 패군."

정영이 굳은 목소리로 말했다.

"말을 삼가시오."

"왜? 네년도 버림받은 것 같아서 화가 났냐?"

"맹주님은 무명에게 큰 기대를 갖고 계시오. 당신 같은 악인을 눈감아주시고 산 조로 배정한 것도 그 때문이오."

"대단히 고맙군, 후후후."

이강은 실실 웃음을 흘렸지만 더는 비꼬지 않고 입을 다물었다.

통로는 계속해서 방향이 꺾어지며 갈림길이 수없이 나왔다.

그러나 무명의 머릿속에는 이전에 걸었던 길이 그림처럼 또렷이 떠오르고 있었다. 그는 한 치의 망설임도 없이 발을 옮겼다.

곧 삼 조는 약방에 도착했다.

약방은 빙옥환 호수에서 가장 가까운 곳에 있었다. 모르긴 해도 작전 위치에 가장 먼저 도착한 조는 삼 조이리라.

벽면 전체를 가린 커다란 약장이 좌우로 열리며 새 통로가 나오는 약방.

하지만 약장 통로는 무너진 돌 더미로 막혀 있었다. 망자비서를 챙긴 마지일이 폭뢰를 터뜨려서 통로를 막고 혼자 도망쳤기 때문이다.

그때 이강은 괴물의 입 공터에서 헤어졌기 때문에 무명과 함께 있지 않았다.

그가 지금 무명의 생각을 읽은 것 같았다.

"마지일 놈을 그렇게 해치운 거냐? 네놈 심계 한번 악독하다니까."

"당한 대로 갚아줬을 뿐이오."

"망자비서가 천자문인 걸 알았을 때 놈의 얼굴이 어땠을지 궁금하구나, 크크크!"

이강이 킬킬대며 웃음을 터뜨렸다.

무명은 맞장구치지 않고 신경을 곤두세웠다.

삼 조의 임무는 무너진 통로를 뚫고 수복하는 것이다. 언뜻 생각하기에 간단하기 짝이 없는 임무. 하지만 거기에는 무명만 아는 한 가지 위험이 숨어 있었다.

바로 청일과 망자 궁녀들의 존재였다.

정혜귀비의 처소에 태자가 망자들을 이끌고 들이닥친 밤, 수많은 궁녀가 혈선충에 감염되었고 청일마저 망자가 된 궁녀들에게 속수무책으로 당하고 말았다.

이전 잠행에서 무명은 청일이 죽지 않고 망자가 되어 뒤를 추격한다는 사실을 깨달았다. 그리고 속임수를 써서 마지일을 청일에게 미끼로 넘기고 도주했다.

즉, 약방에 언제 청일이 나타나도 이상하지 않은 것이다.

그때 송연화가 말했다.

"여기가 약방이군요."

"그렇소."

"그럼 맹주님의 명을 수행할게요."

소림 방장의 계획은 역시 용의주도했다. 정영과 송연화가 등에 멘 봇짐을 풀더니 준비해 온 폭뢰를 꺼냈던 것이다.

이강도 소림 방장이 두 여인에게 내린 명령을 읽고 말했다.

"십 일 동안 많이도 준비했구나."

송연화가 시큰둥하게 대답했다.

"당연하죠. 무림맹이 놀고먹는 곳인 줄 알았나요?"

"이거 미안하군. 우리는 그동안 술만 진탕 마셨거든, 후후후."

두 여인은 길쭉한 모양의 폭뢰를 들고 무너진 벽의 곳곳에 꽂아 넣기 시작했다.

둘의 손놀림이 거침없는 것을 보고 이강이 무명에게 말했다.

"당호 놈한테 폭뢰를 설치하는 곳까지 배우고 왔군."

"……."

역시 소림 방장의 계획은 완벽했다.

하지만 앞으로 모든 일이 계획대로만 풀릴까?

무명이 그런 생각을 하고 있을 때, 두 여인이 몸을 일으키며 말했다.

"폭뢰 준비가 끝났어요."

"좋소. 폭파하시오."

무명이 허락하자 두 여인은 화섭자를 꺼내 폭뢰에 연결된 심지에 불을 붙였다.

치지지직. 불꽃이 심지를 태우기 시작했다.

"자리를 피합시다."

삼 조는 몸을 돌려서 길을 되돌아갔다. 그리고 갈림길이 나온 곳의 모퉁이를 돌아서 몸을 숨기고 폭발에 대비했다.

이강이 재차 킬킬거리며 말했다.

"폭발이 과해서 동혈이 폭삭 무너지는 건 아니냐? 그럼 모두 생매장될 텐데?"

"당신 같은 악인과 함께 죽는다면 최악이겠군요."

송연화가 짜증 난다는 듯이 툭 말을 쏘자 정영이 차분하게 대답했다.

"당호가 폭뢰의 양을 계산해서 주었소. 동혈이 무너질 일은 없을 거요."

"악인 목숨까지 신경 써주다니 고맙군."

이강이 어깨를 으쓱하며 말했다.

이윽고 폭뢰가 폭발했다. 콰르르릉! 통로가 지진이 난 것처럼 흔들리고 숨 쉬기 곤란할 만큼 먼지가 자욱하게 일었다.

진동이 가라앉자 삼 조는 약방으로 돌아왔다.

성공이었다. 무너진 돌무더기가 길을 막은 곳에 사람 한 명이 빠져나갈 만한 크기의 구멍이 뻥 뚫려 있는 것이 아닌가?

"당호 놈 계산이 정확했나 보군."

"당연하죠. 악담만 내뱉는 누구랑은 다르니까."

"후후후."

삼 조는 한 명씩 구멍을 통과해서 약방 너머의 통로로 들어갔다.

통로를 걷자 곧 불가의 방이 나왔다.

공을 반으로 잘라놓은 듯한 불가의 방. 일행은 천장과 바닥에 수직으로 뚫려 있는 굴을 신기한 표정으로 바라봤다.

송연화가 말했다.

"저 위로 올라가는 게 쉽지 않겠군요. 바닥에 구멍이 뚫려 있어서 발을 한 번만 잘못 디뎌도 죽은 목숨일 테니까."

이강이 킬킬거리며 그 말을 반박했다.

"그 반대다. 위로는 못 올라가고 아래로 떨어져야 산다."

"또 무슨 헛소리죠?"

"여긴 일종의 기관진식이다. 눈에 보이는 것은 가짜고, 보이지 않는 게 진짜 실체지."

"무명, 이자 말이 정말인가요?"

송연화가 눈살을 찡그리며 돌아보자 무명은 고개를 끄덕였다.

"사실이오. 저 밑에 그물이 있어서 뛰어내려도 죽지 않소. 이 탈출로로 나가면 환관 처소로 연결되오."

그 말에 이강을 제외한 일행이 놀란 눈으로 구멍을 내려다봤다.

끝이 보이지 않는 암흑의 구렁텅이. 그런데 저 밑으로 뛰어내려야 망자 소굴을 탈출할 수 있다니…….

편복선생이 말했다.

"흑랑성의 기관진식도 대단했으나 이건 정말 기상천외하군."

그때 정영이 날카로운 목소리로 말했다.

"저기 시체가 있소. 혹시 망자가 아니오?"

일행이 정영이 가리킨 곳으로 몸을 돌리며 병장기에 손을 갖다 댔다.

무명이 손을 들며 막았다.

"망자는 맞지만 이미 죽었으니 걱정할 것 없소."

정영이 발견한 시체는 무명이 처음 불가의 방에 왔을 때 괴이한 모습을 하고 있던 환관 망자였다. 그때 망자는 당랑귀녀가 흘린 핏방울이 몸에 묻자 되살아나서 공격했지만 이강이 목을 관통해서 숨통을 끊었었다.

바싹 말라붙어서 고목나무에 가죽을 뒤집어씌운 듯한 환관 망자.

그런데 송연화가 망자를 살피더니 고개를 갸웃거렸다.

"이자는 대력금강지를 맞아 죽었군요. 아니, 이건 대력금강지가 아니에요……."

망자는 가슴팍에 반 치가량의 구멍이 뻥 뚫려 있었다.

사람 몸을 그토록 깨끗하게 뚫어버릴 무공은 중원에 몇 개안 된다. 그중 하나가 바로 소림사의 절기인 대력금강지였다.

하지만 송연화는 한눈에 망자가 당한 수법이 대력금강지가 아니라고 말한 것이다.

"천천히 뼈를 우그러뜨린 것은 분명 대력금강지의 수법이에요. 하지만 대력금강지는 이렇게 점혈하듯이 지법을 쓰지 않아요. 게다가 소림승이 이런 잔인한 수법을 쓸 리도 없고요."

"네년 눈썰미 하나는 쓸 만하군."

이강도 고개를 끄덕이며 그녀의 말에 동의했다.

"이건 소림 땡초도 못한다. 다섯 손가락으로 뼈를 움켜쥐어

박살 낸다면 모를까, 사람 몸을 두부처럼 꿰뚫었으니까."

이강이 말한 소림 땡초는 물론 소림 방장 무혜였다.

모두 불가의 방의 기이함에 놀라고 있을 때 무명이 말했다.

"탈출로를 확보했으니 삼 조 임무는 완수했소."

"듣던 중 반가운 소리군. 그래, 이제부터 뭘 할 셈이냐?"

"몰라서 묻소?"

이강의 물음에 무명이 싸늘하게 가라앉은 목소리로 대답했
다.

"시황을 찾아서 빚을 받아내야지."

무명이 말했다.

"삼 조의 임무는 완수했으니 이제부터 별동대처럼 움직일
것이오."

별동대. 본대와 따로 움직이는 부대.

임무를 끝냈으니 전장의 상황을 읽고 작전 수행의 최적화
된 길을 찾아낸다. 그것이 별동대가 취해야 할 움직임이었다.

송연화가 입술을 질끈 깨물며 말했다.

"이제 본격적으로 고생 시작이군요. 거미줄처럼 얽힌 동혈
을 헤매면서 시황이란 자를 찾아야 할 테니까."

그런데 무명이 고개를 저으며 반박하는 것이었다.

"아니. 미로 속을 무작정 헤맬 생각은 없소."

"뭐라고요? 다른 방법이라도 있나요?"

"물론이오."

그 말에 송연화와 정영이 깜짝 놀란 얼굴로 서로를 쳐다봤
다.

이번에는 정영이 물었다.

"복잡한 미로를 쉽게 통과할 방법이라도 있소?"

"그렇소. 지금 우리가 있는 장소가 해법이오."

"여기는… 돌벽이 무너진 약방과 밖으로 나갈 수 있다는 불
가의 방이 전부이지 않소?"

"장소는 위치만 아니라 그곳만이 갖는 특성이 있소."

무명이 손짓을 해서 모두를 가까이 불렀다. 삼 조 일행은
궁금한 눈빛으로 서로 바싹 붙으며 머리를 한데 모았다.

"지금부터 작전을 설명하겠소."

삼 조가 약방 돌벽에 폭뢰를 설치하고 있을 때.

일 조와 오 조, 소림 십팔나한과 소림 방장은 통로 속을 빠
른 속도로 이동하고 있었다.

어둠 속에서 소림승들의 발이 현란하게 움직였다.

타타타탓.

하지만 그들의 발소리는 유심히 귀를 기울여야 들릴 만큼
작았다. 마치 거친 돌바닥이 아니라 비가 와서 부드러워진 흙
땅을 딜리는 것처럼.

게다가 소림승들은 이마에 묶은 육안룡마저 천 속에 숨기
고 있었다.

한 점의 빛도 없는 어둠 속. 동혈 바닥은 곳곳에 돌부리가 튀어나와 있었으나 소림승들의 발걸음은 평지를 달리는 듯이 거침이 없었다.

선두를 달리는 자는 십팔나한의 막내인 진명이었다.

어느 순간 진명이 발을 멈추고 제자리에 섰다.

그러자 뒤따라오던 소림승들이 약속이라도 한 것처럼 일제히 달리기를 멈췄다. 척. 전음을 보낸 것도, 수신호를 쓴 것도 아니었지만 소림승들의 움직임은 한 몸처럼 일사불란했다.

진명이 동혈이 모퉁이가 진 곳을 향해 귀를 기울였다.

키이이익……

어디선가 괴이한 소리가 들려왔다. 사람이 일부러 괴성과 신음을 섞어서 호흡할 리 없다.

망자였다.

진명이 바닥에 엎드리다시피 해서 몸을 최대한 낮췄다. 그리고 모퉁이 너머로 천천히 돌아갔다.

육안룡의 빛은 없었으나 어둠에 익숙해진 진명의 눈은 동혈 속 상황을 금세 파악했다.

망자 몇 명이 비틀거리며 어디론가를 향해 걷고 있었다.

진명은 들키지 않게 천천히 뒷걸음질 쳤다. 그리고 어깨 위로 손을 들어 올렸다.

그가 주먹을 꽉 쥔 다음 손가락 세 개를 펴 보였다.

수신호. 앞에 망자 셋 출현.

스윽. 진문과 진공이 앞으로 나섰다.

세 명의 망자는 무시할 존재가 아니었다. 그들의 모습이 어둠 속에서 점점 빠져나왔는데, 기다란 방천극을 어깨에 댄 채 걸고 있었던 것이다.

단순한 혈귀가 아니라 생전에 금위군이었던 망자들.

그때 진문, 진공, 진명, 세 소림승이 등에 멘 짐을 내리고 천을 풀어 병장기를 꺼냈다.

뜻밖에도 병장기는 날이 완만하게 휘어진 도(刀)였다.

소림사의 무기는 대개 날붙이가 없다. 살생을 금하는 불문이기 때문에 날이 있는 병기인 도검을 쓰지 않는 것이다.

하지만 불문에 몸을 담은 승려가 쓰는 유일한 도검이 있었다.

바로 계도(戒刀)였다.

계율을 어긴 승려와 속세를 어지럽히는 사마를 응징한다는 계도. 소림승 셋이 꺼낸 것은 소림사의 계도인 항마도(降魔刀)였다.

항마도는 빛이 반사되지 않도록 날 전체에 시커멓게 칠이 되어 있었다. 지하 도시 잠행을 위해 철저히 준비했다는 뜻이었다.

세 소림승이 항마도를 든 채 망자들의 배후로 접근했다.

스스슥.

산 자의 기척을 없애는 부적 탓에 망자들은 소림승이 등 뒤로 다가오는 것을 전혀 깨닫지 못한 채 비틀거리며 가던 길을 갔다.

이윽고 세 소림승이 도를 높이 치켜들어 망자들을 내려쳤다.

촤아악!

망자들의 목이 단번에 떨어져서 바닥을 뒹굴었다. 하지만 혈선충의 심맥을 단칼에 가르지는 못했는지 망자들의 몸뚱이가 소림승들을 향해 방천극을 휘두르기 시작했다.

부웅, 부웅!

생전에 금위군이었던 망자들의 반격은 제법 날카로웠다.

그러나 방천극은 긴 자루에 도끼와 창이 달린 무거운 병장기다. 좁은 동혈에서 간신히 휘두르는 방천극에 맞을 소림승들이 아니었다. 세 소림승은 몸을 살짝 비껴서 방천극을 피하며 망자들에게 달려들었다.

세 자루의 항마도가 망자들을 사정없이 베고 찔렀다.

퍽, 퍽, 퍽! 일절의 자비도 없이 악을 응징하는 소림사의 항마도법(降魔刀法).

세 소림승은 손속에 정을 두지 않고 항마도를 내려쳤다. 제아무리 망자가 일검에 죽지 않는다고 하나 강맹한 항마도 검격이 퍼부어지는 데는 버틸 방법이 없었다.

곧 망자들의 몸뚱이는 힘을 잃고 방천극을 떨어뜨렸다. 그리고 숨이 다한 들짐승처럼 스르르 무릎을 꿇고 바닥에 나동그라졌다.

털퍼덕.

키에에엑…….

망자들의 잘린 목에서 배어 나오던 신음 소리도 어느새 뚝 그쳤다.

권장이나 봉술로는 단숨에 해치우기 어려운 망자들을 상대해 항마도를 쓴 소림승들. 이번 잠행에서 망자들의 근원을 뿌리 뽑겠다는 소림 방장의 의지가 엿보였다.

소림승들은 혹시 모를 혈선충 감염을 막기 위해 사슴 가죽으로 만든 수투를 양손에 끼웠다. 그리고 쓰러진 망자들의 주검이 발각되지 않도록 동혈 구석으로 옮겼다.

망자 셋을 감쪽같이 처리했다. 만약 무명이 이끄는 삼 조였다면 망자들이 오가는 통로를 최대한 피하면서 잠행했을 터.

그러나 소림승들은 정반대로 행동했다.

소림 방장이 고개를 끄덕이자 소림승들은 재차 막내인 진명이 척후를 맡고 선두로 나갔다. 그리고 망자들이 나타났던 동혈 속으로 들어갔다.

다른 일행도 진명의 뒤를 이어 달리기 시작했다.

타타타탓.

망자 소굴의 심장부를 향해 정면 돌파 한다. 마주치는 망자들은 최대한 신속히 처리하면서.

목표는 시황 제거.

바로 소림 방장과 십팔나한, 일곱 명 소림승들의 작전이었다.

소림승들이 빠른 속도로 어둠 속을 달리고 있을 때.

이 조는 괴물의 입이 있는 공터로 향하는 중이었다.

당문삼독, 정결사태, 장청, 당호, 제갈성이 부리는 방파의 무사 한 명.

일곱 명은 제각기 신분도 항렬도 달랐다. 하지만 당문삼독, 그중에서도 당청이 이 조의 중심이 되어 모든 행동을 명령했다.

이 조의 선두는 먼저 잠행으로 지하 도시의 길이 익숙한 장청과 당호가 맡았다.

그 뒤를 당문삼독과 정결사태, 그리고 당문삼독의 짐을 등에 둘러멘 무사가 따라갔다.

잠행이란 소수의 인원으로 적진에 잠입하여 임무를 수행하고 빠져나오는 것을 뜻한다. 지금 삼 조는 망자들에게 들키지 않도록 은신에 중점을 두었고, 일 조는 신속히 적진을 돌파하는 속도에 중점을 두고 있었다.

그런데 이 조는 둘 다 아니었다.

당청과 정결사태는 조금도 목소리를 줄이지 않은 채 대화를 나누고 있었던 것이다.

"아미산에서 도성까지 오시다니 수고가 많소."

그러자 정결사태가 아미파와 당문이 같은 사천 땅에 있다는 점을 지적했다.

"피차 마찬가지가 아니오? 당문이 움직이는 것도 쉽지 않았을 텐데."

"당문삼독은 하북에 있어서 운신하기에 어렵지 않았소."

"아미도 소림이 도움을 청했으니 손을 빌려주는 게 맞지."

소림사와 아미파는 고래로 친분이 깊기 유명하기 때문에 정결사태의 말도 일리가 있었다.

그 말에 당청은 슬며시 미소를 지었다. 정말 그 이유 때문일까? 제자 남궁유가 망자가 되어 죽자 그 복수를 하려고 온 것이 아닌가?

하지만 당청은 의심을 입 밖에 내지 않았다.

굳이 지금 아미파를 자극시켜서 좋을 것은 없었다. 중원 무림에 영향력을 끼치기 위해서는 소림, 무당, 화산 등 넘어야 할 산이 아직 많으니까.

계속해서 둘의 목소리가 동혈의 벽에 반사되어 울려 퍼졌다.

당호가 조심스럽게 말을 꺼냈다.

"고모님, 여기는 언제 망자가 나올지 모르는 곳이라 침묵을 지키는 게……."

"침묵?"

당청이 뒤로 고개를 홱 돌렸다.

"제갈세가에서 만든 부적도 지니고 있겠다, 아미파의 고수 분도 우리 일을 돕고 있겠다, 왜 침묵해야 하지?"

"하지만 일단 망자에게 들키면 도망치기가 힘들기 때문에⋯⋯."

"너는 망자가 무섭냐? 아니면 망자가 될까 봐 두려운 게냐?"

"⋯⋯."

당호는 입을 다문 채 대답을 못 했다.

망자가 될까 봐 두렵다는 물음은 자칫 잘못하면 아미파 정결사태의 화를 부를 수 있었기 때문이다. 바로 창천칠조의 남궁유가 망자가 되었으니까.

그러나 당청은 전혀 개의치 않고 말을 이었다.

"세상 구경을 하라고 무림맹에 보냈더니 창천칠조인가 하는 애들 놀이를 하면서 나약해졌구나. 언제부터 당문이 망자 따위를 겁냈단 말이냐?"

모르고 했는지 아니면 일부러 그랬는지 당청은 창천칠조까지 언급했다. 그러다가 그 사실을 뒤늦게 깨달은 얼굴을 하며 정결사태에게 포권지례를 올렸다.

"사태, 죄송하오. 아미파를 두고 한 말은 아니오."

"알고 있소."

정결사태가 냉랭하게 대답했다.

그때였다.

키에에엑⋯⋯.

어디선가 망자들의 괴이한 숨소리가 작게 들려왔다.

장청과 당호가 서로 눈빛을 교환한 다음 통로가 갈라지는 곳에서 흩어져서 척후에 나섰다.

잠시 후 그들이 일행에게 돌아왔다. 장청이 당청에게 보고했다.

"저쪽 통로에서 망자가 다가오고 있습니다."

"잘됐군."

당청이 남편 소극상과 동생 당백기를 돌아보며 말했다.

"준비하시오."

당문삼독이 전투를 선택하자 장청이 포권지례를 하며 말했다.

"망자가 한둘이 아니라 떼로 몰려오고 있습니다. 숫자가 많으니 싸움은 피하고 상황을 지켜보시는 게 어떻겠습니까?"

그러나 당문삼독은 장청의 말을 듣기는커녕 고개조차 돌리지 않고 무시했다.

당청이 무사에게 말했다.

"여기다 짐을 풀어라."

무사가 민첩하게 움직여서 짐을 땅에 내렸다.

당청이 코웃음을 치며 한마디 했다.

"홍, 삼류 무사가 제법 쓸 만하군."

제갈성이 이끄는 방파에 속한 무사.

그는 일소라는 이름이 있었으나 당청은 강호의 삼류 무사

취급하며 짐꾼처럼 부렸다. 당문삼독이 가져온 짐도 대부분 그가 등에 짊어지고 있었다.

당문삼독이 짐에서 필요한 물건을 챙기고 전투 준비를 했다.

곧 동혈에서 망자 떼의 모습이 나타났다.

키이이익!

"이 정도 일에 사태께서 나설 필요는 없소."

"좋소. 당문의 솜씨를 구경하지."

둘의 대화는 평온했으나 속에 가시가 숨어 있었다.

산 자의 기척을 숨기는 부적을 지니고 있기 때문에 망자들은 아직 잠행조를 눈치채지 못하고 있었다. 지금이라도 몸을 숨긴다면 망자들은 아무것도 모른 채 가던 길을 계속 가리라.

하지만 당문삼독은 그들을 그냥 보낼 생각이 없었다.

"시작하지."

당청의 명이 떨어지자 소극상이 앞으로 달려 나갔다.

타타타탓!

그는 빠르게 망자 떼에게 접근했다. 하지만 부적 효과 덕분에 망자들은 소극상의 존재를 눈치채지 못했다.

계속해서 소극상은 좁은 동혈에서 몸을 움직여 망자들의 행렬을 피했다.

망자들은 혼백이 없는 전형적인 혈귀였다. 그들은 두 팔을 허공에 허우적거리며 걸었으나 소극상이 미꾸라지처럼 움직였기 때문에 그의 옷깃에 손끝 한 번 건드리지 못했다.

어느새 소극상은 망자 행렬의 맨 끝에 도달했다.

그때 그가 은색 수투를 낀 두 손을 품에 넣더니 무언가를 한 움큼씩 집어 들며 손을 빼냈다. 그리고 망자 떼를 요리조리 피하며 길을 되돌아왔다.

그러자 소극상이 지나치는 곳에 검붉은 안개가 피어오르기 시작하는 것이 아닌가?

자세히 보자 안개는 그의 두 손에서 피어나고 있었다. 소극상이 두 손을 어깨 부근에 들어 올린 채 달리고 있었기 때문에 안개는 자연히 망자들의 얼굴을 감싸고 맴돌았다.

순간 망자 하나가 괴성을 토했다.

키에에엑…….

하지만 괴성은 끝까지 이어지지 못했다.

툭! 망자의 혓바닥이 중간이 녹아서 바닥에 떨어졌다.

강호에 악명이 높은 사천당문의 독무(毒霧) 공격이 시작된 것이었다.

망자의 혀가 검붉은 안개에 닿자 중간이 녹아서 끊어졌다.

소극상의 두 손에서 피어나는 검붉은 기운은 그냥 안개가 아니라 독무였던 것이다.

정결사태가 양미간을 구기며 중얼거렸다.

"당문의 단혼사?"

단혼사(斷魂沙). 혼을 끊는 모래라는 뜻.

사천당문은 독과 암기로 유명한데 그중에서도 단혼사는 강호에서 악명을 떨치는 암기였다.

단혼사는 모래에 온갖 극독을 스며들게 해서 만든다. 단혼사를 쓰려면 당문이 제작한 특수한 수투가 필요했는데, 맨손으로 단혼사를 잡았다가는 손이 썩기 때문이었다. 수투를 낀 손으로 뿌린 단혼사는 적의 살갗을 순식간에 녹이며 타들어 간다.

위력이 지나치게 강하고 악독해서 악명이 자자한 단혼사.

단혼사를 등 뒤로 흩뿌리며 달리는 소극상의 안광이 냉혹하며 흉흉하게 빛났다. 잘 벼린 칼로 당장 사람을 베고 싶어서 안달 내는 살인마의 눈빛.

어느새 소극상이 망자 떼를 모두 지나쳐서 원래 자리로 돌아왔다.

독무가 동혈 안을 가득 채우자 검붉은 모래가 점점이 망자들의 머리와 어깨로 떨어졌다.

안 그래도 살점이 썩고 너덜거리던 망자들의 살갗은 봄이 되자 녹아내리는 눈덩이처럼 무너지기 시작했다.

키에에엑!

십여 명의 망자들은 영문을 모른 채 두 손으로 타들어가는 얼굴을 감쌌다. 그 바람에 단혼사가 묻어서 손까지 녹아내리기 시작했다.

곧 망자들이 하나씩 쓰러졌다. 망자는 혈선충의 심맥을 가르지 않는 한 단번에 죽지 않는다. 하지만 머리를 통째로 녹여 버리는 사천당문의 독공 앞에서 혼백 없는 혈귀들은 허수아비나 마찬가지였다.

당청이 싸늘하게 미소 지으며 말했다.

"망자는 검으로 상대할 수 없다고? 독으로 녹여 버리면 그만일 터."

그때 단혼사가 적게 묻었는지 아직 쓰러지지 않은 망자 하나가 비틀거리며 다가왔다.

당청이 소극상을 보며 물었다.

"극상, 설마 손속에 사정을 둔 것이오?"

그녀는 남편에게 건네는 말도 남에게 하는 것처럼 냉랭했다.

"미안하오. 단혼사 양이 적었던 모양이오."

단혼사는 공중에 흩뿌리는 암기이기 때문에 지나치게 많은 양을 썼다가는 자신마저 당할 위험이 있었다. 하지만 소극상은 부인에게 예의를 차리며 사과했다.

"다음부터 주의하시오."

당청이 소극상을 지나쳐서 앞으로 나갔다.

그녀가 망자를 향해 일직선으로 걸어가자 장청이 흠칫 놀라며 소리치려 했다. 그러나 당호가 그를 막으면서 작게 속삭였다.

"그냥 보고 있으시죠."

"……"

당청이 품에 손을 넣어 무언가를 꺼낸 뒤 자신의 머리 위로 던졌다. 펄럭. 놀랍게도 그녀가 던진 것은 산 자의 기척을 없애는 부적이었다.

부적이 당청의 손에서 떨어져서 허공에 떠오르는 찰나 효력이 사라졌다.

"키에에엑?"

망자가 산 자의 냄새를 맡고 고개를 확 돌렸다. 그리고 두 팔을 휘두르며 당청에게 달려들었다.

순간 당청의 손이 살짝 흔들리는가 싶더니 소매에서 무언가가 발사됐다.

팍!

망자의 머리가 뒤로 확 젖혀졌다.

다시 제자리로 돌아온 망자의 이마에 침도 비수도 아닌 암기가 정통으로 박혀 있었다.

당문 비전의 암기인 혈적자(血摘刺)였다.

혈적자가 이마를 관통했지만 그것으로 망자가 죽을 리 없었다. 그러나 당청의 혈적자에는 단혼사만큼 극악한 맹독이 묻어 있었으니…….

치지지직.

시커먼 독이 망자의 이마를 중심으로 거미줄처럼 퍼져 나갔다. 곧이어 머리가 곤죽처럼 녹아버린 망자가 버티지 못하고 바닥에 쓰러졌다. 털퍽.

마침 허공에서 펄럭거리며 떨어지는 부적을 당청이 손을 뻗어 낚아챘다.

탁.

부적을 던지고 다시 받는 동안 망자를 처리한 그녀의 수법은 말 그대로 전광석화였다.

당청이 당호를 보며 말했다.

"잠행? 쥐새끼처럼 몰래 숨어 다니는 법은 당문에 없다는 것을 명심해라."

"예, 고모님⋯⋯."

그녀의 말은 당호에게 하는 것이었으나 마치 다른 자들도 들으라는 것처럼 도도했다.

"정결사태, 갑시다."

당문삼독과 정결사태는 무슨 일이 있었냐는 양 태연한 얼굴로 걸음을 재개했다. 무사도 바쁘게 짐을 챙겨서 등에 둘러메고 뒤를 따라갔다.

"뭐 하느냐? 빨리 앞장서라."

"예!"

고모의 독촉에 당호가 진땀을 흘리며 일행의 선두로 나갔다.

그때 옆에서 따라가던 장청이 당호에게 물었다.

"저 동혈로 다시 지나가야 하면 어떡하지?"

"맨살에 닿지 않는 이상 괜찮습니다. 수투를 끼는 건 잔여 모래가 남을지 몰라서죠."

"그렇군."

장청은 당호의 말에 일단 고개를 끄덕였다. 잠행조는 두터운 가죽 신발을 신고 있으니 단혼사에 접촉할 일은 없었다.

그런데 문득 한 가지 그림이 머릿속에 떠올랐다.

만약 단혼사가 묻어 있는 벽면을 손으로 짚는다면…….

장청은 고개를 저으며 잡생각을 떨치려고 애썼다. 그리고 당호와 함께 척후에 나섰다.

불가의 방에서 거미줄처럼 얽힌 동혈을 따라가다 보면 작은 공터가 나온다.

공터는 어둡고 습기가 많아 축축했다. 또한 바닥과 벽면에서 뜨겁게 올라오는 지열 탓에 장마 때의 지상처럼 후덥지근했다.

그 공터의 한가운데에 피 웅덩이가 있었다.

피 웅덩이에는 망자 한 명이 온천욕을 즐기듯이 목을 밖으로 내민 채 앉아 있었다.

만약 무명과 송연화가 망자의 얼굴을 봤다면 굳은 얼굴로 침을 꿀꺽 삼켰으리라. 망자의 정체는 다름 아닌 청일이었던 것이다.

무당삼검 중 하나인 추풍검 청일.

그는 약관의 나이부터 강호에 위명을 떨쳤다. 어렸을 때 사고로 오른손을 잃었으나 오히려 검법은 날이 갈수록 일취월장했다. 관과 연을 맺은 무당파는 그에게 금위군 총대장이라는 직위를 맡겼다.

사내로 태어나서 누구 못지않은 성공을 이룬 청일.

권력은 맛본 자만이 그 맛을 안다. 그는 금위군 총대장직에 만족할 수 없었다.

그러나 그 모든 것이 하룻밤 사이에 무너졌다.

천하를 얻을 수 있다는 망자비서를 독차지하려던 욕심이 화근이었다. 태자가 그 사실을 알고 귀비 처소에 잠입했던 것이다.

설마 태자가 망자였을 줄이야……

그날 이후 청일은 망자가 되었고, 태자도 무당파도 사냥이 끝나면 개를 잡아먹듯 그를 버렸다. 그는 지하 도시로 내려와 어둠 속에서 핏물을 마시며 망자의 삶을 살았다.

뜨겁게 끓어오르고 있는 피 웅덩이 속.

궁녀 망자들에게 공격당해서 살점이 뜯기고 썩어 들어가던 청일의 얼굴이 갓난아이처럼 말끔했다. 오랫동안 핏물을 흡수한 덕에 살이 재생되었던 것이다.

피를 진득 흡수한 청일의 얼굴은 지금 시뻘겋게 달아올라 있었다.

순간 청일이 두 눈을 번쩍 떴다.

"설마 저놈은?"

그의 시야에 어두운 동혈 속을 움직이는 그림자가 보였던 것이다.

궁녀들이 그의 살을 뜯어 먹어서일까? 청일은 이후 궁녀 망자와 시선을 공유하는 능력이 생겼다. 물론 궁녀가 느끼는 산자의 기척도 읽을 수 있었다.

방금 동혈을 돌아다니던 궁녀가 산 자의 기척과 냄새를 느끼고 고개를 돌렸다. 순간 궁녀의 시야를 통해 눈에 익은 그림자가 보였던 것이다.

청일은 눈을 부릅뜨고 정신을 집중했다.

그림자가 궁녀를 따돌리며 빠르게 어둠 속으로 사라졌다.

하지만 청일은 똑똑히 봤다. 자신을 망자로 만든 자, 그래서 영원히 지하의 어둠 속에서 방황하도록 만든 자.

"무명, 네놈!"

틀림없었다. 그림자는 환관 세작인 무명이었다.

그가 지하 도시에 있다는 것은 무림맹이 잠행했다는 뜻이리라.

청일의 입꼬리가 씨익 말려 올라갔다.

"드디어 왔군. 이날을 기다리고 있었다."

그는 눈알을 굴리며 궁녀가 어디 있는지 살폈다. 약방 근처였다. 망자비서를 갖고 혼자 도망치던 전진교 도사 놈이 최후를 맞이한 곳.

그때를 생각하면 이가 부득부득 갈렸다.

"그 말코도사 놈!"

전진교의 멍청이는 환관 놈에게 속아서 천자문을 망자비서인 줄 알고 있었다. 그 바람에 환관 일행을 놓쳤던 게 천추의 한이었다.

이후 청일은 전진교 도사가 궁녀들에게 뼈만 남기고 뜯어먹힐 때까지 내버려 뒀다. 그런 병신은 망자로 만들어줄 가치도 없었으니까.

복수의 날만 기다렸다. 청일은 정신을 집중하며 궁녀들에게 명령을 내렸다.

[놈을 추적해라! 놈을 죽여서 내가 그 피를 마실 것이다!]

그때 누군가의 목소리가 들렸다.

[산 채로 잡아 와라.]

목소리는 귓가에 들린 게 아니라 전음처럼 머릿속을 울리며 전달됐다.

청일은 누가 말하는지 몰라서 무심코 주위를 돌아봤다.

"누구냐?"

하지만 대답이 없었다. 청일은 헛소리를 들었나 싶어서 고개를 갸웃거리다가 재차 궁녀들에게 명령을 내렸다.

[놈을 잡아서 내 손을 죽일…….]

[생포하라.]

다시 목소리가 들렸다. 동시에 머릿속이 빠개질 것처럼 울렸다.

쩌어어엉!

"크윽!"

망자가 된 이후로 처음 느껴보는 고통.

청일이 이를 악물고 고통을 참을 때 목소리가 물었다.

[놈을 생포해 와라. 명을 듣겠는가?]

[크윽… 너는 누구냐?]

[망자들의 황제다. 다시 묻겠다. 명을 듣겠는가?]

[드, 듣겠다. 듣겠으니 이것 좀 어떻게…….]

청일은 격심한 고통을 못 이겨서 고개를 끄덕였다. 순간 고통이 싹 사라지더니 머릿속이 지상의 맑은 공기를 마시는 것처럼 시원해지는 것이 아닌가?

[대답해라. 어찌할 것이냐?]

[…놈을 생포해 오겠습니다.]

[좋다.]

그것으로 목소리는 깨끗이 사라졌다.

하지만 머릿속은 여전히 맑고 시원했다. 마치 날아갈 듯한 기분. 청일은 입가에 미소를 지으며 중얼거렸다.

"그래. 환관 놈을 산 채로 잡아서 바치는 거다."

누구에게 바치는 건지, 왜 그래야 하는지 자신도 알 수 없었다. 하지만 반드시 그래야 된다는 생각이 머릿속을 맴돌면서 멈추지 않았다.

청일이 누군가를 향해 명령했다.

"빨리 와라! 한시가 급하다!"

그러자 어둠 속에서 그림자가 스윽 걸어 나왔다.

그런데 그림자는 어깨 위에 목이 없는 몸뚱이였다. 몸뚱이가 핏물을 밟고 청일에게 다가왔다. 철벅철벅. 그리고 두 손을 뻗어 청일의 목을 집어 들었다.

몸뚱이가 목을 들어 올리자 잘린 단면에서 굵직한 혈선충들이 뻗어 나왔다.

쐐애애액!

혈선충들이 목과 몸뚱이를 연결했다. 곧 청일의 목은 자세히 들여다보지 않으면 모를 만큼 틈새 없이 딱 붙었다.

"기다려라, 환관 놈아."

목을 붙인 청일이 피 웅덩이에서 걸어 나와 어둠 속으로 사라졌다.

잠시 후.

어두운 동혈 속에 귀를 기울여야 들릴 만한 작은 소리가 울려 퍼졌다.

사락, 사락, 사락.

비로 궁녀 망자들의 하늘하늘한 옷이 출렁거리는 소리였다.

생전에 황제의 총애를 받는 정혜귀비의 수하였던 궁녀들.

그들은 살아 있을 때처럼 피부는 새하얗고 몸매는 육감적이어서 뭇 사내들의 마음을 흔들 만큼 미모가 빼어났다.

그러나 실상은 전혀 달랐다.

피부가 눈처럼 흰 것은 분을 발라서가 아니라 죽은 시체가되어 핏기가 없어서였다. 겉으로 보기에 육감적인 몸매는 천밑으로 살이 썩어 들어가고 있었다.

게다가 궁녀들이 산 자와 구분되는 결정적인 차이점이 있었다.

아무 감정도 담겨 있지 않은 시커먼 눈동자였다.

궁녀들은 삐걱거리는 걸음걸이로 빠르게 동혈을 걸었다. 입가에서 군침이 뚝뚝 흘러내렸다. 오랜만에 산 자의 냄새를 맡았으니까.

곧 궁녀 하나가 모퉁이를 돌아서 사라지는 그림자를 발견했다.

"키에에엑!"

그녀가 검지로 그림자를 가리키며 소리 질렀다.

동시에 근처에 있던 이십여 명의 궁녀들도 신호를 받은 것처럼 함께 소리쳤다. 키에에엑!

궁녀들이 미친 듯이 그림자를 따라 달리기 시작했다.

선두에 선 궁녀가 동혈의 모퉁이를 돌았다. 그곳에 방금 발견했던 그림자가 우두커니 서 있었다.

그림자의 정체는 다름 아닌 임윤과 편복선생이었다.

끄아아아악!

궁녀가 양손을 구부려 손톱을 세우고 입을 쩍 벌려서 송곳니를 드러냈다.

임윤이 그 모습을 보며 쓴웃음을 지었다.

"내가 미쳤지. 이 생지옥에 다시 들어오다니."

"숫자가 생각보다 많군. 감당할 수 있겠는가?"

"걱정 마시지."

임윤이 손을 뒤로 넘겨서 등에 멘 짐을 풀었다.

"흑랑성에서 탈출한 뒤로 놀고 있던 건 아니니까."

궁녀가 임윤과 편복선생을 향해 손톱을 휘두르며 달려들었다.

끄아아악!

임윤이 등 뒤로 손을 돌리며 말했다.

"선생은 잠깐 뒤로 물러나 계시지?"

"그러지. 내가 할 일은 무력이 아니라 지략이니까."

망자가 코앞에서 달려드는데도 둘은 조금도 긴장하지 않고 죽이 척척 맞았다.

펄럭. 임윤이 등에 멘 짐을 감싸고 있던 검은 천을 풀었다.

그의 등에는 이번 잠행을 위해 준비한 병장기가 매어져 있었다. 바로 단창이었다.

단창은 모두 네 자루. 임윤이 그중 하나를 뽑아 들었다.

스윽.

궁녀가 살점을 파헤칠 기세로 임윤의 얼굴을 향해 손톱을 휘둘렀다.

"키에에에엑!"

순간 빛 한 줄기가 번개처럼 궁녀의 목을 향해 쏘아졌다. 피이잉! 임윤이 단창을 내질러서 궁녀의 목을 관통한 것이었다.

촤악!

"컥… 커거억……."

궁녀가 숨통이 끊어지는 신음을 흘렸다.

이어서 임윤이 팔을 기이하게 비틀면서 단창을 뽑았다. 그러자 창날이 뼈를 갈아버리는 소리가 크게 들렸다.

콰드드득!

궁녀의 혼백 없는 검은 동공이 흰자위를 가릴 만큼 커졌다. 곧 궁녀는 줄이 끊어진 목각 인형처럼 자리에 스르르 쓰러지더니 다시는 일어나지 않았다.

단 일격에 망자를 처치하자 편복선생이 신기했는지 물었다.

"혈선충 심맥은 망자마다 제각각 위치가 달라서 한 번에 찾기 힘든 것 아니었나?"

"말했잖소?"

임윤이 어깨를 으쓱하면서 대답했다.

"그동안 놀고 있지 않았다니까."

그때 궁녀 하나가 재차 임윤에게 달려들었다.

이번 궁녀는 단창 공격을 피하려는지 잔뜩 자세를 웅크린 채로 덤볐다. 임윤이 그걸 보고 피식 웃었다.

"망자가 생각을 다 하는군."

그가 손목을 튕겨서 단창을 빙글 돌렸다. 그리고 몸을 옆으로 누이며 거꾸로 잡은 단창을 찔렀다. 피잉! 촤악! 밑에서부터 비스듬히 내지른 단창의 날이 궁녀의 목을 정확히 꿰뚫었다.

그때 어둠 속에서 다른 궁녀 하나가 불쑥 모습을 드러냈다.

편복선생이 검지를 들어 궁녀를 가리켰다.

"저기 하나 더 있네."

순간 임윤이 왼손을 뻗어 등에 멘 단창 자루를 잡더니 그대로 집어 던졌다.

곽!

어둠 속에 숨어서 급습을 노리던 궁녀는 날아온 단창에 단박에 목이 꿰였다.

임윤이 양손에 단창 하나씩을 쥐고 잡아당겼다. 그러자 먼저처럼 뼈가 갈리는 소리가 났다. 콰드득!

궁녀 둘은 처음 쓰러진 동료처럼 그대로 바닥에 나동그라진 채 움직이지 않았다.

편복선생이 고개를 갸웃거리며 말했다.

"아무리 봐도 신기하군. 자네 실력이야 인정하네만 일초만으로 망자를 죽이지는 못했지 않은가?"

"또 그 말이냐? 괄목상대. 오랜만에 사람을 만났으면……."

"학식과 재주가 몰라보게 달라졌으니 눈을 비비고 살펴라?"

"잘 아는군, 선생."

그때였다.

키에에에엑!

어둠 속에서 언뜻 봐도 십여 명이 넘는 궁녀들이 일제히 몰려왔다.

편복선생이 물었다.

"숫자가 열 명을 넘는군. 이럴 때는 어떡하나?"

"옛날 방법을 쓸 수밖에. 삼십육계 줄행랑이오."

둘은 재빨리 몸을 돌려서 달아나기 시작했다.

그때 등을 돌리고 도망치는 임윤과 편복선생의 모습이 궁녀의 눈을 통해 청일에게 생생히 전해지고 있었다.

청일은 약방을 향해 빠른 속도로 달리고 있었다.

한 점의 빛도 없는 동혈 속. 그러나 그의 발은 돌부리 하나 걷어차지 않고 미친 듯이 움직였다.

방금 핏물을 충분히 흡수해서 일시적으로 신체 능력이 높아진 것이었다.

환관 일행이 궁녀의 시야에서 점점 가까워졌다.

청일이 왼 주먹을 꽉 틀어쥐었다.

"찾았다! 거기 있었군. 당장 가서 네놈의 목을 베고 피를……."

순간 그가 고개를 갸우뚱거리며 걸음을 늦췄다.

"아니지. 적어도 환관 놈은 죽이면 안 돼. 생포해서 잡아가야 한다."

그는 누가 시킨 명령인지도 깨닫지 못한 채 강박적으로 '생포하라, 생포하라'라고 거듭해서 중얼거렸다.

청일은 자신이 거느리는 궁녀들을 모조리 약방으로 불러 모았다.

전부 삼십 명. 약방 근처에 난 동혈의 갈림길은 모두 일곱 개였다. 길 하나에 네 명씩을 배치해도 두 명이 남는다. 갈림길을 지키기에 충분한 숫자였다.

무엇보다 중요한 것은 청일이 명령자라는 점이었다.

그는 궁녀들에게 정신적으로 연결되어 있었다. 궁녀들은 그의 명령에 따라 움직였고, 그는 궁녀들의 시선과 감각을 공유했다.

때문에 한번 산 자의 기척을 느낀 이상 놓칠래야 놓칠 수 없었다.

[더 빨리! 더 빨리 움직여라, 크하하하!]

궁녀의 코를 통해 느껴지는 산 자의 냄새가 더욱 진해졌다. 환관 일행은 삼 장도 떨어지지 않은 거리에 있으리라.

드디어 산 자들의 그림자가 보이기 시작했다.

오랫동안 산 자의 목에서 흐르는 신선한 피를 맛보지 못한 청일은 군침을 뚝뚝 흘렸다.

그가 궁녀들에게 명령했다.

[놈들을 죽일 필요는 없으니 시간만 벌어라! 곧 내가 도착한다!]

궁녀들이 그림자들을 쫓아 동혈 모퉁이를 돌았다.

마침 그 통로는 막다른 길이었다. 청일은 쾌재를 불렀다.

[잡았다!]

키에에엑!

궁녀들이 괴성을 지르며 모퉁이를 돌았다.

순간 궁녀들이 멈칫거리며 발을 멈췄다. 청일 역시 어리둥절해서 중얼거렸다.

[뭐, 뭐야?]

방금까지 똑똑히 봤던 산 자의 모습이 감쪽같이 사라진 것이 아닌가?

[어떻게 된 거지? 놈들이 어디로 간 거야?]

청일의 명령을 받은 궁녀들이 고개를 두리번거리며 좌우를 살폈다. 하지만 막다른 길의 끝에는 산 자는커녕 쥐새끼 한 마리 없었다.

귀신이 곡할 노릇이었다. 유일한 길은 궁녀들이 꽉 막고 있는데 어디로 가버린 거지? 설마 땅을 파고 숨었다는 말인가?

게다가 더욱 이해할 수 없는 문제가 있었다.

그냥 모습이 보이지 않는 게 아니라 산 자들의 기척과 냄새마저 사라졌다는 것이었다.

청일의 두 눈이 붉게 물들었다.

"교활한 환관 놈이 또 무슨 속임수를 썼군……."

환관 일행의 공격을 받아 궁녀 몇 명이 죽기는 했지만 아직 숫자는 충분했다.

[모두 놈들을 찾아라! 빨리!]

청일이 악에 받쳐서 명령하자 궁녀들이 흩어져서 산 자들을 추적하기 시작했다.

키에에에엑!

청일이 '교활한 환관 놈이 또 무슨 속임수를 썼군'이라고 중얼거렸을 때.

실은 근처에서 그 말을 들은 자가 있었다.

바로 임윤과 편복선생이었다.

편복선생이 고개를 좌우로 저으며 속삭였다.

"무식한 자로군. 속임수가 아니라 도술이지."

궁녀들이 좌우를 두리번거리며 코를 킁킁거려서 산 자의 냄새를 맡았다. 하지만 바로 옆에 임윤과 편복선생이 있어도 전혀 눈치채지 못했다. 그들이 지나가자 임윤과 편복선생은 돌벽에 바싹 몸을 붙여서 길을 피했다.

궁녀들이 왔던 길로 가버리자 곧이어 심 조 일행이 하니씩 자리에 모였다.

이강이 킬킬거리며 말했다.

"그야말로 닭 쫓던 개 지붕 쳐다보는 꼴이군."

편복선생도 고개를 끄덕이며 말했다.

"제갈세가도 제법 하는군. 물론 이 몸이 먼저 한 것을 따라 하는 셈밖에 안 되지만."

그가 손에 들고 있던 부적을 다시 품에 집어넣었다.

송연화가 무명을 보며 말했다.

"미끼를 제대로 물었군요."

그랬다. 궁녀들이 삼 조를 발견한 것은 처음부터 무명이 꾸민 일이었다.

무너진 돌벽을 뚫고 탈출로를 확보하자 무명은 일행을 불러서 작전을 설명했었다.

"여기는 청일과 궁녀 망자들이 출몰했던 곳이오."

무명의 작전은 삼 조 일행이 스스로 미끼가 되는 것이었다.

동혈의 구석진 곳에 산 자의 기척을 없애는 부적을 놓아둔다. 그런 다음 무명과 이강, 정영과 송연화, 임윤과 편복선생, 세 개 조로 나뉘어서 통로를 탐색한다.

"망자들이 발견하면 한두 명 처치하시오."

하지만 시간을 오래 끌지 않고 돌아와야 된다는 것을 강조했다. 무명은 대략 차 한 잔 마실 시간을 약속 시각으로 정했다.

곧 뿔뿔이 흩어진 일행의 기척을 깨닫고 궁녀들이 몰려들었다.

일행은 잠깐 싸우는 척하다가 몸을 돌려서 도망쳤다. 그리고 원래 자리로 돌아오자 얼른 부적을 집어 들었던 것이다.

궁녀들에게는 산 자의 기척과 냄새가 감쪽같이 사라진 것으로 보였으리라.

결국 궁녀들은 근처에, 또는 바로 코앞에 잠행조가 있다는 사실을 까맣게 모르는 채 좌우를 두리번거리며 가버렸다.

"무당삼검 청일이 망자가 된 후 궁녀들을 조종하고 있소."

청일의 뒤를 밟으면 복잡한 동혈 미로를 헤맬 필요 없이 망자들이 모이는 장소로 갈 수 있을 것이다.

청일의 눈에 일부러 띄어서 유인하는 것.

그것이 무명의 작전이었다.

송연화가 상기된 목소리로 말했다.

"모든 게 순조롭군요. 훌륭한 작전이에요."

"……."

그녀의 목소리에 미묘한 기색이 서려 있었다. 이강이 무명을 보며 씨익 웃었지만, 무명은 모르는 척 무시했다.

계속해서 송연화가 동혈의 갈림길을 가리켰다.

"청일은 저쪽으로 갔어요. 생전처럼 관복을 입고 있더군요."

무명이 고개를 끄덕이며 대답했다.

"잘했소. 그럼 청일의 뒤를 밟겠소."

그런데 일행이 막 이동하려고 할 때 누군가가 천천히 손을 들며 말을 꺼냈다.

"지금부터 이 몸이 필요하겠군."

그는 다름 아닌 편복선생이었다.

무명이 물었다.

"무슨 뜻이오?"

"망자의 뒤를 추격한다면서? 하지만 망자는 하나둘이 아니네. 부적을 갖고 있지만 잘못해서 그들의 눈에 띈다면 어찌할텐가?"

편복선생의 말도 일리가 있었다.

산 자의 기척을 없애는 부적이 있는 이상 혼백 없는 혈귀들은 삼 조의 존재를 눈치챌 수 없다. 하지만 청일 같은 명령자의 시선에 잠행조가 직접 노출된다면? 그때는 얘기가 전혀 달라진다.

"좋은 방법이라도 있소?"

무명이 묻자 편복선생이 과장된 동작으로 어깨를 쭉 펴더니 대답했다.

"내가 청일이란 망자의 꽁무니를 따라가겠네."

그 말에 평소 침착함을 잃지 않는 무명마저 어리둥절한 표정을 지었다.

"그건 너무 위험하지 않소?"

"위험? 우주 삼라만상의 이치를 깨닫지 못한 자들의 무지함이라니."

편복선생은 한숨을 쉬며 고개를 절레절레 저었는데, 이강과 임윤은 무슨 생각이 떠올랐는지 동시에 입가를 올리며 씨익 웃는 것이었다.

마치 셋이 한통속이 된 듯한 분위기.

무명, 정영, 송연화는 영문을 몰라서 서로를 쳐다봤다.

편복선생이 품이 넓은 도포 자락을 펼치며 손을 넣더니 무언가를 꺼냈다.

"인사하게. 일호(一號)일세."

그가 손바닥을 펼치자 새까만 무언가가 작고 귀여운 머리를 살짝 들었다.

박쥐였다.

이강이 쓴웃음을 지으며 말했다.

"일호? 이제 이름까지 붙였냐?"

"당연하지. 한낱 사람도 이름이 있는데 미물이 이름이 없어서야 되겠는가?"

그의 말은 농담인지 아닌지 듣는 자가 구분하기 힘들 정도였다.

송연화가 물었다.

"그건 박쥐잖아요? 박쥐로 뭘 하겠다는 거죠?"

그러자 이강이 킬킬거리며 대신 대답했다.

"이놈은 박쥐에다 자기 혼백을 옮길 줄 안다. 박쥐가 날아다니면서 본 것을 우리한테 말해주는 거지."

"설명이 틀렸네. 일호는 눈으로 보지 않고 소리를 들어서 물체를 본다네."

"흥, 그딴 거 내가 알 바 아니고."

편복선생의 말은 언뜻 그럴싸하게 들렸다. 야행성인 박쥐는 눈이 퇴화된 대신 소리의 진동으로 사물의 위치를 알아차린다는 것이 익히 알려진 상식이었다.

하지만 강호인 누가 박쥐에게 혼백을 옮긴다는 얘기를 상상이나 하겠는가?

송연화가 여전히 믿지 못하겠다는 얼굴로 말했다.

"해보세요."

"그러지."

편복선생이 손바닥을 활짝 펴고 박쥐를 뚫어져라 응시하면서 뜻 모를 말을 중얼거리기 시작했다.

"훔치훔치… 훔리치야도래……."

순간 박쥐가 고개를 번쩍 치켜들며 양쪽 날개를 활짝 펼쳤다.

펄럭!

박쥐가 힘차게 날개를 펄럭이면서 공중으로 날아올랐다.

파닥파닥파닥.

편복선생의 손에서 날아오른 박쥐가 공중을 한 바퀴 돌며 선회했다.

곧이어 박쥐가 날개를 퍼덕거리며 동혈 속으로 날아갔다.

삼 조가 청일을 목격했던 바로 그 동혈이었다.

송연화가 고개를 갸웃거리며 물었다.

"뭐죠? 박쥐가 그냥 날아가 버린 것뿐이잖아요?"

"인내하는 자에게 복이 있다는 말도 모르는가?"

편복선생이 시큰둥한 목소리로 대답하더니 눈을 감았다. 잠시 후 그가 눈을 번쩍 뜨더니 입을 열었다.

"청일이란 망자를 찾았네."

"그럴 수가……."

송연화가 믿을 수 없다는 표정을 하며 물었다.

"정말 박쥐를 통해 청일을 보고 있다면 증거라도 말해봐요."

"흐음, 이건 어떤가? 망자의 오른손이 없군."

"말도 안 돼……."

편복선생의 대답에 송연화는 물론 무명과 정영도 깜짝 놀랐다. 청일은 생전부터 오른손이 없는 것으로 유명했다. 하지만 강호인이 아닌 편복선생이 그 사실을 알고 있을 리가 없지 않은가?

"청일이 주위를 두리번거리며 우리를 찾고 있군. 동혈이 좌우로 길이 나뉘는데 방금 왼쪽으로 들어갔네. 성정이 급한지 걸음이 빠르군… 계속해야 되나? 이러고 있으면 거리가 점점 멀어질 텐데?"

이제 편복선생의 능력을 믿지 않을 도리가 없었다.

무명이 명령을 내렸다.

"편복선생의 안내에 따라 청일의 뒤를 추적합시다."

모두 고개를 끄덕이고 몸을 돌릴 때였다. 임윤이 한숨을 쉬며 말했다.

"선생을 업어야 하니 잠깐 기다리지?"

"업는다고?"

"그렇소. 선생은 지금 혼절했으니 내가 업고……."

그런데 편복선생이 임윤을 향해 고개를 돌리며 말하는 것이었다.

"이 몸은 멀쩡하니 업을 필요 없네."

"선생, 정신을 잃은 게 아니었나? 그러고 보니 이마에 부적도 안 붙였군?"

임윤이 어리둥절한 눈으로 편복선생을 쳐다봤다.

이강이 끼어들며 다른 사람들에게 설명했다.

"예전에는 이마에 부적을 붙이고 박쥐에게 혼백을 옮겨서 가사 상태에 빠졌었지. 소림승이 이놈을 업고 다녀야 했다. 한데 바뀐 모양이군."

"뭣들 하는가? 꾸물거리다간 망자 놓치네."

편복선생이 앞장서서 척척 걸어 나갔다.

이강과 임윤은 서로를 보며 피식 웃었다. 임윤이 편복선생의 뒤를 따라가며 말했다.

"선생, 부적도 필요 없고 혼절할 필요도 없으니 참으로 편리해졌군?"

"당연하지. 그동안 놀고 있지 않았네."

삼 조는 세상에서 가장 기상천외한 척후병인 박쥐의 길 안내를 전해 들으며 청일의 뒤를 쫓기 시작했다.

터벅터벅터벅.

미로처럼 얽힌 동혈에서 수많은 망자들이 모여들고 있었다.

망자들은 각양각색의 복장을 걸치고 있었다. 강호인, 상인, 서생, 평민, 군인… 생전에 다양한 직업을 갖고 있던 자들이 한자리에 모인 것처럼 망자들의 모습은 제각기 달랐다.

그러나 그들의 공통점이 하나 있었다.

시뻘겋게 달아오른 얼굴.

방금 전까지 피 웅덩이에 목을 담그고 핏물을 흡수했기 때문이었다.

키이이익…….

십여 명의 망자들이 거친 숨소리를 내며 칠흑 같은 어둠 속을 걸었다.

갑자기 망자 하나가 돌부리에 발이 걸려서 넘어졌다. 쾅당.

망자는 고통을 느끼지 않고 바로 몸을 일으켰지만 그 바람에 세 명의 망자들이 살짝 후미에 처졌다.

그때였다.

칠흑 같은 어둠 속에서 정체 모를 그림자가 나타났다.

스으윽.

느릿느릿 움직이던 그림자들이 어느 순간 전광석화처럼 망자들에게 달려들었다.

퍽, 퍽, 퍽.

세 번의 둔탁한 소리.

망자들이 본능적으로 고개를 돌렸다. 하지만 그들은 소리의 정체가 무엇인지 영영 알아차릴 수 없었다.

세 망자의 목은 이미 바닥에 떨어져 뒹굴고 있었기 때문이다.

계속해서 항마도가 몇 번씩 망자들의 몸뚱이에 떨어져서 혈선충의 심맥을 끊었다. 바닥에 쓰러진 망자들의 목과 몸뚱이가 움직이지 않자 항마도는 처음 나타났을 때처럼 다시 어둠 속으로 들어가 사라졌다.

스으윽.

만약 누군가가 보고 있었다면 귀신이 나타난 게 아닐까 착각할 만한 장면.

망자 행렬이 가버린 것을 확인하자 어둠 속에서 소림승들이 하나씩 모습을 드러냈다. 그들은 먼저처럼 가죽 수투를 낀 손으로 망자 사체를 구석진 곳으로 옮겨서 숨겼다.

여느 때라면 반장을 하며 아미타불을 읊었을 소림 방장은 말없이 지켜보기만 했다.

이미 죽은 시체, 망자.

즉, 살계를 어긴 것이 아니었다.

진문이 소림 방장을 보며 입을 열었다.

"망자들의 숫자가 점점 많아지고 있어서 잠입 속도를 제대로 낼 수 없습니다."

진공이 이어서 말했다.

"길을 제대로 가고 있다는 증거입니다. 망자들의 본거지에 점점 가까워지는 것 같습니다."

소림 방장 무혜가 고개를 끄덕이며 말했다.

"그 말은 맞지만 다른 이유도 있을 것이다."

"그게 무엇입니까?"

"망자들이 대이동을 하고 있다. 시황이란 자가 군대를 모으고 있다는 뜻이다."

그 말에 소림승들의 안광이 어둠 속에서 번쩍 빛났다.

"과거 흑랑성주를 자처했던 자는 망자들을 모아서 중원 진출을 꾀했다. 시황이란 자도 같은 야심을 품고 있겠지."

"……."

소림승들의 눈빛이 무겁게 가라앉았다.

하루가 다르게 망자가 창궐하고 있는 중원.

그런데 그냥 망자 떼가 돌아다니는 것을 넘어서 그들을 조종하는 사가 지상으로 올라온다? 중원의 안위가 송두리째 흔들릴 위기라고 할 수 있었다.

"시황을 제거하는 것이 우선 목표다. 하지만 이번 잠행에서 망자 조직에 대한 정보를 모두 파악해야 한다. 그래야 다시 흑랑성주나 시황이란 자가 나오지 않을 테니까."

"알겠습니다."

소림 방장의 위엄 서린 말에 소림승들이 포권지례를 올리며 대답했다.

그때 동혈에서 망자들의 기척이 났다.

키이이익······.

소림승들이 전광석화처럼, 그러나 바늘 떨어지는 소리도 내지 않고 조용히 움직였다.

스으으윽.

소림승들은 다시 어둠 속으로 들어가 그림자가 되었다.

십여 명이 넘는 망자가 소림승들이 은신해 있는 바로 옆을 지나갔지만 아무도 산 자의 기척을 눈치채지 못했다.

한편 이 조의 행보는 거침이 없었다.

장청과 당청은 난감한 표정을 지울 수 없었다.

괴물 공터로 향하는 길은 망자들이 끊이지 않고 나타났는데 당문삼독이 절대 그냥 지나치지 않고 공격을 감행했기 때문이다.

소극상과 당백기가 망자 사이를 빠르게 달리며 단혼사를 뿌렸다.

스스스슷.

괴물 공터에 가까워질수록 동혈의 폭이 넓어졌다. 둘은 갈 지자로 망자들 틈을 요리조리 빠져나갔다. 둘이 지나간 자리에 검붉은 안개가 내려앉자 망자들이 타들어가기 시작했다.

키에에엑!

고통을 느끼지 못하는 망자들도 무언가 일이 잘못됐다는 것을 깨닫는지 괴성을 지르며 발버둥을 쳤다. 그러나 동혈 속을 가득 채우는 독무를 피할 수는 없었다. 물고기가 물을 피할 수 없듯이…….

결국 소극상과 당백기가 지나가는 곳마다 망자들이 떼로 쓰러졌다.

당청과 정결사태도 구경만 하고 있지 않았다.

가까스로 독무를 피해 달아나는 망자가 보이면 당청이 재빠르게 다가가 혈적자를 발사했다. 팍! 혈적자에 묻은 맹독은 단혼사보다 몇 배는 빠르게 망자의 머리를 녹여 버렸다.

정결사태도 검을 뽑아 들고 독무를 피한 망자들을 상대했다.

"시체 주제에 감히 중원을 노리겠다고? 죽어라!"

망자는 혈선충의 심맥을 가르지 않는 한 일검에 죽지 않는다.

하지만 징결시태의 손속은 매서웠다. 차차차착! 아미파의 난피풍검이 한차례 퍼부어질 때마다 망자의 목은 피 분수가 솟구치며 바닥에 떨어졌다. 후두두둑.

당문삼독과 정결사태는 그렇게 가는 길마다 망자들을 도륙했다.

장청과 당호가 난감한 이유는 그 때문이었다.

망자들을 모두 처치하기 전에는 자리를 뜨지 않으니 이 조의 이동은 턱없이 느렸다. 모르긴 해도 잠행조 중에서 이 조가 가장 늦게 망자 본거지에 도착하리라.

게다가 가는 곳마다 들쑤신다면 잠행이라고 할 수 없지 않은가?

장청이 한숨을 쉬며 말했다.

"이건 잠행이 아냐. 지하 도시의 망자들이 죄다 우리한테 몰려오겠군."

당호가 어쩔 수 없다는 듯 고개를 저으며 대답했다.

"고모님은 이번 일을 잠행으로 생각하지 않습니다."

"그럼 뭔데?"

"전쟁이라고 하셨죠."

"……."

그 말에 장청은 침을 꿀꺽 삼켰다.

전쟁. 어쩌면 이 조의 수장인 당청의 말이 옳을지 모른다.

몰래 잠행해서 시황이란 망자를 처치한다고? 당청 말대로 모든 망자를 제거하면 그게 그거 아닌가?

무엇보다 당청의 호언장담은 허세가 아니라는 것이었다.

사천당문 독공의 악명은 강호에 널리 퍼져 있었다. 하지만 장청이 직접 보는 당문삼독의 위력은 소문 이상이었다.

이들이라면 정말 망자 떼를 일망타진할 수 있지 않을까?

장청은 전의가 불타올랐다. 그렇다면 구경만 하고 있을 수는 없었다. 그는 날카로워진 눈빛으로 검 자루에 손을 갖다 댔다.

하지만 망자들은 당문삼독과 정결사태가 몽땅 처리한 뒤였다.

"뭐 하느냐? 어서 앞장서지 않고!"

"예……."

당청은 망자 떼를 처치하기가 무섭게 독촉을 했다. 그때마다 당호와 장청은 척후를 서기 위해 앞으로 달려 나가야 했다.

둘은 미로처럼 얽힌 동혈을 살피며 괴물 입으로 가는 길을 찾았다.

지금까지 길은 대부분 당호가 안내했다. '사천당문도 잠행은 좀 합니다'라고 예전에 했던 말처럼, 당호는 헛갈리는 기색 없이 척척 길을 되짚어 나갔다.

주위의 망자들을 모조리 처치해서일까? 동혈 속을 걷는 망자들의 수가 점점 뜸해졌다.

그렇게 밥 한 끼 먹을 시간이 지났을 때였다.

당호가 발을 멈추더니 말했다.

"다 왔습니다."

당호의 등 너머로 통로가 끝나면서 넓은 공터가 나타났다.

공을 뒤집어놓은 것처럼 둥근 천장에 검붉은 바닥이 미묘하게 흔들리는 것처럼 보이는 공터. 흔들리는 바닥은 물론 핏물이다.

당청이 물었다.

"여기가 괴물의 입이라는 곳이냐?"

"예, 고모님."

공터를 보자 장청은 얼굴이 딱딱하게 굳었다. 폭혈화부를 함부로 쓰는 바람에 독혈을 뒤집어썼던 기억이 떠올랐기 때문이다.

당시 폭혈화부가 발동하여 망자들이 연이어 폭발을 일으켰다. 하지만 지금 공터의 모습은 처음 잠행했을 때와 다를 게 없었다. 벽에 줄지어 늘어선 흰 기둥, 육안룡의 빛을 반사하여 반짝거리는 핏물 웅덩이.

그리고 웅덩이에 둥둥 떠 있는 망자들의 목.

장청과 당호는 먼저 잠행 때가 기억나서 침을 꿀꺽 삼켰다.

반면 당문삼독은 오히려 씨익 미소를 지었다. 오랜 추적 끝에 사냥감을 발견한 맹수의 미소.

당청이 일행에게 명령했다.

"짐을 풀어라. 시작하자."

무사가 당문삼독의 짐을 바닥에 내려놓자 소극상과 당백기가 기병을 정리하며 전투를 준비했다.

그들의 태연한 모습을 보자 장청은 더욱 조바심이 났다.

"저희는 무엇을 하면 됩니까?"

"구경이나 하고 있어라."

당청이 귀찮다는 눈초리로 장청을 흘깃 보며 대답했다. 그리고 정결사태에게 마지못해 예의를 차리며 말했다.

"사태는 우리를 엄호해 주시오."

당청이 겉치레에 불과한 말을 내뱉자 당백기가 미소를 지으며 끼어들었다.

"진흙탕을 파헤치면 미꾸라지들이 나오게 마련이죠."

"알았소."

정결사태가 냉랭하게 대답했다.

소극상과 당백기가 양손에 은색 수투를 낀 다음 얼굴에 검은 복면을 써서 코와 입을 가렸다. 잘못 호흡하면 자신이 당할 수 있는 독을 쓰겠다는 뜻.

장청이 참지 못하고 재차 입을 열었다.

"함부로 저기 들어갔다가는 혈선충에 감염될 위험이 큽니다. 제갈세가의 공자도 저기서 망자가 됐을 가능성이 높습니다."

하지만 당청과 소극상은 시선조차 주지 않고 장청을 무시했다. 그나마 낭백기가 사람 좋은 미소를 흘리며 말했다.

"핏물 속에 발을 담글 일은 없을 거다."

"……."

이어서 소극상과 당백기가 짐에서 어떤 기병을 꺼내 들었다.

순간 당호가 신음을 흘리며 중얼거렸다.

"설마 지주사전(蜘蛛絲箭)……!"

장청이 당호에게 물었다.

"지주사전? 그게 무슨 암기지?"

"암기가 아니라 기관장치의 일종입니다."

"기관장치?"

"예. 직접 들고 다니면서 쓰는 기관장치죠."

"얼마나 뛰어난 기관장치인지 몰라도 이름 한번 괴상하군."

장청이 시큰둥한 목소리로 말했다. 그의 말도 일리가 있었으니, 지주사전(蜘蛛絲箭)은 거미줄 화살이라는 뜻으로 사천당문의 기관장치라고 보기에는 유치한 이름이었기 때문이다.

"저도 지주사전은 말만 들었지, 오늘 처음 봅니다. 당문에서도 사용이 허락된 자는 몇 명 안 되는 걸로 알고 있어요."

"만드는 데 돈과 시간이 많이 드나 보지?"

"그렇긴 하죠. 하지만 그게 이유가 아니에요."

당호가 고개를 저으며 말했다.

"지주사전은 암기 숙련도와 경신법이 최고 경지에 올라야 쓸 수 있습니다. 암기는 최소한 제 수준, 경신법은 송연화 정도면 되겠군요."

"……"

그 말에 장청은 입을 다물며 침음했다.

송연화는 창천칠조에서 무공도 최강자 중에 속했지만 특히 경신법은 독보적으로 뛰어났다.

그런데 암기는 당호 수준에 경신법은 송연화 수준이라니… 지주사전이 얼마나 쓰기 힘든 기병인지 가늠할 수 없었다.

소극상과 당백기가 지주사전을 들고 공터 앞에 섰다.

마치 작은 대포 같은 모양을 한 지주사전.

둘이 눈빛을 한 번 교환한 뒤 검지를 뻗어 지주사전의 끝에 달린 방아쇠를 당겼다.

투웅!

지주사전이 쇠로 된 검은 화살을 발사했다.

쇠 화살은 자욱한 안개를 뚫고 공터 너머로 날아갔다. 그런데 그게 전부가 아니었다. 쇠 화살의 끝에 가느다란 사슬이 길게 연결되어 있었던 것이다.

차르르르!

사슬이 빠른 속도로 풀려 나갔다.

쇠 화살이 어느새 공터를 대각선으로 가로질렀다.

순간 쇠 화살의 끝이 세 갈래로 갈라지면서 작살이 튀어나왔다. 파칭! 세 개의 작살이 벽면을 뚫고 박혔다. 팍! 벽에 박히사 작실들이 세의 발톱처럼 둥글게 오므렸다.

절대 빠지지 않도록 단단히 고정된 것이었다.

계속해서 소극상과 당백기가 공터의 다른 곳을 향해 지주사전을 발사했다.

투웅, 투웅!

쇠 화살이 날아가 벽면에 박혔다. 그러자 처음 쐈던 쇠 화살과 두 번째 쇠 화살의 끝에 사슬이 연결되어서 공중에 길게 줄을 만드는 것이 아닌가?

그때 당호가 말했다.

"지금부터가 진짜입니다."

당호의 말이 끝나기도 전에 소극상과 당백기가 몸을 날리더니 공중에 걸쳐진 사슬을 밟고 달리기 시작했다.

츠츠츠츠!

사슬은 은사만큼 가느다래서 자세히 들여다봐야 보일 정도였다. 하지만 소극상과 당백기는 공중에 늘어진 사슬을 타고 평지처럼 달렸다.

지주사전을 쓰려면 경신법이 최소한 송연화 정도는 되어야 한다.

당호의 말은 허언이 아니었다. 지주사전은 쇠 화살을 쏘아 공중에 사슬 다리를 만들어서 이동하는 기관장치였던 것이다.

소극상과 당백기는 공터의 중앙에 이르자 서로 반대 방향으로 지주사전을 발사했다. 쇠 화살이 양쪽 벽면에 박히자 처음 사슬과 이번 사슬이 공중에서 교차하며 열십자를 그렸다.

계속해서 둘이 지주사전을 발사하자 공중에 드리워진 사슬들의 최후 모양은 쌀 미(米) 자가 되었다.

지주사전의 사슬이 공터의 허공에 거미줄을 만든 셈이었다.

그때 당청이 손을 들며 말했다.

"모두 물러서시오."

이 조의 나머지 일행이 뒤로 세 발짝 물러났다.

소극상과 당백기가 사슬을 타고 다니며 옆구리에 맨 혁낭의 마개를 뽑았다. 그러자 혁낭 구멍에서 눈처럼 흰 가루가 흘러나왔다.

스스스스……

희뿌연 가루가 공터 밑의 피 웅덩이로 가라앉았다.

정결사태가 당청에게 물었다.

"저게 그 유명한 당문의 시독(屍毒)이오?"

"시독? 틀린 말은 아니지만 저건 그냥 시독이 아니라 탈혈사독이란 것이오."

곧 독을 충분히 살포했는지 소극상과 당백기가 사슬을 타고 원래 자리로 돌아왔다.

"누님, 이 정도면 되겠죠?"

"수고했다."

탈혈사독 가루가 떨어진 피 웅덩이에서 기포가 생겼다. 기포는 점점 수가 많아져서 거품으로 변했다. 곧이어 피 웅덩이가 술을 데우는 것처럼 부글부글 끓기 시작했다.

그때였다.

피 웅덩이가 크게 일렁이더니 거대한 촉수가 솟아올랐다.

촤아아악!

계속해서 네다섯 개의 촉수가 연이어 올라와 뱀처럼 꿈틀거리며 핏물을 내려쳤다.

터엉! 촤아아악!

먼저 잠행조를 혼비백산하게 만들었던 공격.

하지만 지금은 무언가 이상했다. 눈앞의 촉수들이 이 조를 공격하는 게 아니라 몸체를 비비 꼬면서 마구잡이로 핏물을 내려치기를 반복했던 것이다.

이미 한번 혼쭐이 났던 장청은 촉수가 달라진 점을 깨달았다.

"몸에서 진액이 흐르지 않는군. 아니, 굵기도 줄어든 것 같은데?"

"맞습니다. 탈혈사독은 체내의 피를 빼내는 독이에요."

당호가 고개를 끄덕이며 대답했다.

그제야 사천당문의 인물이 아닌 다른 일행은 독이 어떤 작용을 하는지 깨달았다.

탈혈사독(脫血死毒). 체내의 피가 빠져서 죽음에 이르게 하는 독이라는 뜻.

즉, 거대한 거머리 같은 촉수는 몸의 피와 수분이 탈수되어 말라비틀어지고 있었던 것이다.

당청이 말했다.

"탈혈사독은 한번 피와 섞이면 그 피까지 모두 독으로 만드오. 괴물의 입속? 이제 이곳에서 피를 묻히는 망자들은 죄다 피가 말라 죽게 될 것이오."

"……."

아미파의 고수인 정결사태도 사천당문 독공의 지독함에는 놀랐는지 입을 열지 않았다.

갑자기 공터 중앙의 피 웅덩이에서 수십 명이 넘는 망자들이 몸을 일으켰다.

키이이익!

망자들은 두 손으로 얼굴의 살점을 뜯고 할퀴며 발광을 했다. 그러는 중에도 그들의 얼굴과 손은 피가 빠져서 고목나무처럼 말라붙어 갔다.

당청이 비웃음을 흘리며 중얼거렸다.

"목이 마르냐? 죽을 때까지 피를 마셔봐라, 네놈들의 갈증이 풀리나!"

이어서 품에서 부적을 꺼내 등 뒤에 있는 남편 소극상에게 던졌다.

획!

망자들이 당청을 향해 일제히 고개를 돌리더니 핏물을 헤치며 우르르 몰려들었다.

순간 당청이 망자들을 향해 두 손을 들어 겨냥했다. 마치 손이 지주사전 같은 대포라도 되는 것처럼.

키에에에엑!

망자들이 코앞으로 들이닥치는 찰나, 두 손의 소매 속에서 숫자를 셀 수도 없는 철심이 발사되었다.

티티티티팅!

커걱… 크와악… 꾸웨에에엑!

눈앞을 새까맣게 메우다시피 하는 철심 세례에 망자들이 고슴도치 꼴이 되며 비명을 질렀다.

코를 찌르는 매캐한 화약 냄새.

정결사태가 양미간을 찡그리며 중얼거렸다.

"폭우이화정(暴雨梨花釘)……."

당청이 쓴 것은 사천당문의 유명한 암기 장치인 폭우이화정이었다.

폭우이화정은 과거 구륜사 결전 때 사용되어 악명을 떨쳤다. 사천당문이 잠시 강호출행이 뜸한 사이 사람들의 뇌리에서 잊혀졌는데 오늘 다시 위용을 드러낸 것이었다.

폭우이화정의 철심에도 혈적자처럼 맹독이 묻어 있었다. 철심이 박힌 망자들의 머리와 몸이 시커멓게 타들어갔다. 치지지직. 곧 수십 명이 넘는 망자들은 피 웅덩이 속으로 머리를 처박으며 쓰러졌다.

텀벙텀벙…….

곧이어 몸체를 비비 꼬며 핏물과 벽면을 내려치던 촉수들이 통나무가 쓰러지듯 하나씩 넘어갔다. 첨벙… 촤아아악. 피웅덩이로 쓰러진 촉수들은 다시 몸을 일으키지 못했다.

갑자기 공터가 부르르 진동하면서 귀청이 묵직해지는 괴음이 울려 퍼졌다.

구어어어어어……

배 속까지 진동시키는 저음.

그러나 괴음은 오래 가지 못하고 멈췄다. 곧 공터의 피 웅덩이가 더욱 시뻘겋게 물들었다. 기분 탓인지 둥근 공터의 천장이 먼저보다 쭈그러든 느낌이었다.

망자들이 잘린 목을 담그고 핏물을 흡수하던 피 웅덩이, 괴물의 입.

하지만 이제 죽음의 못이 되어버린 것이었다.

소극상이 당청에게 부적을 건넸다. 당청이 부적을 품에 넣다가 무슨 생각이 들었는지 정결사태를 보며 말했다.

"사태, 미안하오. 당문이 나서는 바람에 검 한번 쓸 기회가 없었군."

도도하기 짝이 없는 말투.

하지만 정결사태도 만만한 인물이 아니었다.

"괜찮소. 당문이 실패하면 그때 검을 쓰면 되니까."

"당문이 실패한다고? 그런 날은 중원이 멸망하기 전까지 절대 오지 않을 것이오, 아하하하하하!"

당청의 오만한 웃음소리가 지옥이 되어버린 공터의 벽면에 반사되어 길게 울려 퍼졌다.

촉수들이 쓰러지고 핏물이 검붉게 물드는 순간.

지하 도시 어딘가의 피 웅덩이에서 잘린 목을 담그고 있던 망자가 두 눈을 번쩍 떴다.

"커헉……!"

망자는 시뻘건 두 눈을 부릅뜨며 신음성을 참았다. 그는 바로 만련영생교의 수장이며 자신을 망자의 황제로 자처하는 자, 시황이었다.

촉수가 하나씩 쓰러질 때마다 시황은 마치 자신의 팔다리가 잘려 나가는 것처럼 고통을 느꼈다. 그는 이를 악다물고 신음을 참았다.

"크으으읍……."

잠시 후 괴물 입의 숨통이 완전히 끊어지자 시황도 정신을 차렸다. 하지만 수족 하나가 잘려 나간 것처럼 전신이 쿡쿡 쑤셨기에 비명을 질렀다.

그가 천천히 입을 열었다.

"대역죄인들이 들어왔군."

대역죄인. 자신에게 대역죄를 지었다고 말할 수 있는 자는 천하에 단 한 명밖에 없다.

바로 황제다. 즉, 시황은 자신을 황제로 생각하고 있었다.

"거기 누구 없느냐? 와서 짐의 명을 받들어라!"

이미 황제가 된 듯한 말투.

그때 구석진 곳의 어둠 속에서 두 명의 그림자가 스윽 모습을 드러냈다.

"폐하, 부르셨습니까."

전신의 흑의를 걸치고 복면을 쓴 두 인영.

그들은 시황을 지키는 만련영생교의 호법, 광명좌사와 광명하사였다.

"유체가 죽었다."

시황은 괴물의 입을 두고 유체(幼體)라고 불렀다.

"모체로 변태되기도 전에 놈들이 유체를 죽였다! 황궁에 들어온 놈들의 목을 베고 망자로 만들어라!"

"명을 받들겠나이다."

광명좌사와 광명하사는 고개를 깊이 조아린 다음 뒷걸음질 쳐서 어둠 속으로 들어갔다.

둘은 구석에 연결된 통로로 들어가 어딘가로 이동했다. 통로는 중간에 수없이 갈림길이 나와서 복잡했지만 둘은 한 치의 주저도 없이 길을 찾았다.

곧 통로가 끝나고 공터가 나왔다.

공터는 그리 넓지 않았으나 바닥에 온통 피 웅덩이라서 발디딜 틈조차 없었다.

그리고 깊은 피 웅덩이 속에 망자의 목 하나가 둥둥 떠 있었다.

쭈우우욱.

수면 아래에서 망자가 피를 흡수하는 소리가 났다. 핏기 없이 창백하던 망자의 목이 금세 시뻘겋게 달아올랐다.

식사 시간.

그때 망자의 목이 눈을 번쩍 뜨더니 광명하사를 향해 눈알을 빙글 돌렸다. 이어서 입을 쩍 벌리며 괴성을 토했다.

"크아아악!"

망자의 목은 호법 중의 한 명인 광명우사였다.

만련영생교가 소림사 행렬을 습격했을 때 강철 뇌옥에 갇혀 있던 광명우사.

당시 그는 죄인처럼 손목과 복사뼈에 쇠고랑을 차고 있었다. 뇌옥에서 나왔을 때도 아군, 적군을 가리지 않고 무차별로 거도를 휘둘렀다.

하지만 광명좌사가 입을 열자 광명우사의 눈동자에 이성의 빛이 돌아왔다.

"그만해라."

"크흡… 후우우우……."

계속해서 광명좌사는 뜻 모를 말을 몇 마디 중얼거렸는데, 곧 희번덕거리던 망자의 두 눈이 침착함을 되찾는 것이었다.

"광명우사, 일어나라."

그러자 피 웅덩이의 수면 아래에서 무언가가 둥실둥실 떠올랐다.

놀랍게도 수면 위로 떠오른 것은 광명우사의 거대한 몸뚱이와 팔다리였다. 그의 팔다리가 몸통과 분리된 채 피 웅덩이 밑에 가라앉아 있었던 것이다.

팔다리의 잘린 단면에서 굵은 혈선충 다발이 뻗어 나왔다.

쐐애애액.

혈선충 다발이 몸뚱이를 붙잡고 사지를 끌어당겼다. 곧 네 개의 팔다리가 시뻘건 금만 남긴 채 몸뚱이에 다시 붙었다.

철썩.

이어서 광명우사의 목에서 혈선충이 나와 몸뚱이와 연결했다.

목과 사지를 모두 붙인 광명우사가 천천히 피 웅덩이에서 걸어 나왔다. 그리고 입을 찢어져라 벌리며 포효했다.

구오오오오!

광명좌사가 붉은 안광을 번쩍이며 말했다.

"가자, 사냥 시간이다."

2장.

만련영생교의 역습

피 웅덩이에 둥둥 떠 있던 목과 사지를 붙인 광명우사.

그가 광명좌사와 광명하사를 따라가자 거대한 그림자가 동혈 속에 드리워졌다.

쿠웅, 쿠웅, 쿠웅.

광명우사가 발을 디딜 때마다 진동이 지축을 흔들었다.

칠 척에 가까운 신장 때문에 그는 천장에 닿지 않도록 머리를 숙이고 양어깨를 구부려야 했다. 검붉은 핏물이 묻어 번들거리는 근육질 신체. 지옥에서 나온 괴물이 따로 없었다.

곧 세 명의 광명사자들은 새 공터에 도착했다.

이번 공터는 상당히 넓어서 광장을 방불케 했다. 또한 벽면

곳곳에 횃불이 걸려 있어서 어두운 동혈에 비교하면 대낮처럼 밝았다.

공터에는 흑의를 걸치고 복면으로 얼굴을 가린 자들이 족히 백 명이 넘는 수가 운집해 있었다. 그들은 바쁘게 어떤 짐을 옮기는 중이었다.

광명사자들이 공터에 나타나자 흑의인들이 하던 일을 멈추고 소리쳤다.

흑의인들이 광명사자들을 보고 소리쳤다.

"만련천하, 시황영생!"

"만련향이 천하에 가득하니 시황를 따르는 자는 영생하리라!"

그들은 바로 만련영생교의 신도들이었다.

그런데 광명사자들이 다가가자 흑의인들이 무슨 이유인지 흠칫거리더니 송곳니를 드러내며 짐승의 울음소리를 냈다.

크르르르…….

그때 광명좌사가 무언가 주문을 외웠다. 그러자 먼저 광명우사가 그랬던 것처럼 흑의인들의 시뻘건 두 눈에서 공격성이 사라지는 것이었다.

뒤따라오던 광명우사가 앞으로 나오며 말했다.

"…번거롭군."

"이제 정신이 돌아왔나?"

"그렇다."

광명좌사의 물음에 광명우사가 고개를 끄덕이며 말을 이었다.

"매번 이렇게 주문을 외워야 하나? 나중에 어떤 변고가 생기면 어떡할 셈이냐?"

그 말에 말없이 있던 광명하사가 끼어들며 대답했다.

"임무 수행을 위해서는 이렇게 할 수밖에 없어."

"말은 쉽지."

광명우사는 찬성하지 못하겠다는 듯이 쓴웃음을 지었는데, 소림사행을 습격할 때만 해도 광인에 불과했던 것과는 전혀 다른 모습이었다.

광명좌사가 흑의인들에게 말했다.

"시황께서 명령하셨다. 모두 임무를 수행하라."

"만련천하, 시황영생!"

흑의인들은 목청 높여 외친 뒤 다시 짐을 옮겼다. 등에 큼지막한 짐을 둘러메는 자들이 있는가 하면, 말이 끄는 수레에 올라타서 동혈 속으로 이동하는 자들도 있었다. 물론 말들 역시 혈선충에 감염되어 있었다.

백 명이 넘는 흑의인들이 제각기 동혈 속으로 들어가 사라지는 데는 밥 한 끼 먹을 시간이 걸렸다.

광명우사가 그들의 뒷모습을 지켜보며 웃었다.

"하하하, 만련영생교가 천하를 지배할 날도 머지않았다."

반면 광명하사는 웃음기 없는 목소리로 반박했다.

"이제 막 시작했을 뿐이야. 일이 하나라도 틀어지면 모든 게 수포로 돌아갈걸?"

광명우사가 양미간을 구기며 광명하사를 쳐다봤다.

"너는 꼭 일이 잘못되기를 바라고 있는 것 같군?"

"그럴 리가."

"아니, 나는 못 믿겠다. 당장에라도 너를……."

그때 광명좌사가 손을 들어 광명우사를 막았다.

"그만해. 시황께서 지시한 계획을 의심할 시간이 있다면 차라리 불청객들을 처리해라."

"…좋다. 유체를 죽인 놈들은 내가 맡지."

광명우사가 마음에 안 든다는 눈으로 힐긋 광명하사를 한 번 쳐다본 뒤 몸을 돌렸다. 그리고 공터에 난 수많은 동혈 중의 한 곳으로 들어가서 사라졌다.

이제 공터에 남은 자는 둘뿐이었다.

광명좌사가 말했다.

"불청객들은 하나가 아닐 거다. 나는 다른 놈들을 찾으러 가겠다. 너는?"

"나는 별동대잖아? 따로 움직여야지."

"조심해라."

"그래 봤자 목이 떨어지기밖에 더하겠어?"

"그 전에 일이 잘못된다면?"

"걱정 마. 임무는 반드시 끝낼 테니까."

광명하사는 낭랑한 목소리로 대답한 뒤 몸을 돌려서 동혈로 들어가 사라졌다.

막다른 길에서 무명 일행을 놓친 청일.

그는 궁녀들에게 흩어져서 놈들을 추적하라고 명령했다. 자신 역시 미친 듯이 동혈을 달리며 무명을 찾았다.

청일은 처음 망자가 되어 지하로 내려왔을 때 지하 도시의 통로 속에서 길을 잃고 헤맸다.

하지만 어느 순간부터 지도를 보는 것처럼 지하 도시의 갈림길이 머릿속에 똑똑히 떠올랐다. 그 뒤로 그는 지하 도시를 안방처럼 돌아다녔다.

궁녀들에게 약방 근처의 갈림길을 뒤지도록 명령한 지 이미 밥 한 끼 먹을 시간이 지났다.

그런데 산 자의 기척과 냄새가 감쪽같이 사라져 버린 게 아닌가?

혹시 냄새를 놓쳤을지 몰라서 찾는 범위를 점점 넓혔다. 그러나 산 자의 기척은 한번 자취를 놓친 이후로 좀처럼 느낄 수 없었다.

"제기랄, 대체 어떻게 된 일이지?"

해답은 하나였다.

교활한 환관이 어떤 속임수를 쓴 게 분명했다.

무명 일행을 쫓기 전에 피 웅덩이에서 마음껏 핏물을 흡수했던 청일.

그러나 지금 그는 탈진해서 쓰러질 것처럼 피곤했다.

망자는 피를 흡수하면 장시간 동안 몸의 능력을 최상의 상태로 유지할 수 있었다. 청일은 정신없이 동혈을 돌아다녔으나, 평소라면 그 정도로 쉽게 피곤해지지 않는다.

문제는 궁녀들에게 명령을 내린다는 것이었다.

스무 명이 넘는 궁녀들의 정신을 하나하나 조종하는 것은 생각처럼 쉽지 않았다. 명령자는 망자들을 수족처럼 부릴 수 있다. 하지만 그만큼 흡수한 핏물이 빠른 속도로 소모된다.

머리가 멍해지면서 무거웠다.

"피가 부족해, 피가……"

청일은 잠시 추적을 중단하기로 결심했다.

"환관 놈아, 핏물을 마신 뒤에 보자. 그때는 반드시 꼬리를 찾아주마."

그는 몸을 돌려서 피 웅덩이로 이어지는 동혈로 들어갔다.

그런데 청일이 모르는 게 하나 있었다.

그가 몸을 돌리는 순간 동혈의 천장에서 작고 까만 무언가가 살짝 허공에 떨어졌다.

파닥파닥.

작은 날개를 펄럭이며 공중을 날고 있는 것은 편복선생의 박쥐였다.

만약 청일이 산 자의 기척 말고 동혈이 평소와 다른 점을 신경 썼다면 박쥐의 존재를 눈치챘을지도 몰랐다.

하지만 어두운 지하에서 항상 찾아볼 수 있는 것이 박쥐가 아닌가?

때문에 산 자의 기척만 찾던 청일의 시야에는 돌벽에 붙은 박쥐나 지네 같은 벌레 등이 들어오지 않았던 것이다.

그리고 박쥐와 열 장쯤 떨어진 곳의 어둠 속에 삼 조가 있었다.

편복선생이 말했다.

"청일이 몸을 돌려서 새 동혈로 들어갔네."

송연화가 고개를 갸웃거리며 물었다.

"더 이상 우리를 찾는 것을 포기한 걸까요?"

이강이 반박했다.

"그럴 리는 없다. 명령자는 피를 빨리 소모하지. 놈은 다시 핏물을 마시러 간 게 분명하다."

임윤도 그 말에 고개를 끄덕였다.

"동감이다. 흑랑성 때도 그랬었지."

삼 조 조장은 무명이다. 하지만 이강, 임윤, 편복선생은 과거 흑랑성에 잠행했기 때문에 망자에 대한 경험이 풍부했다.

무명은 결정을 내릴 때마다 셋의 충고를 유심히 들었다.

"좋소. 청일의 뒤를 계속 추적합시다."

"알았네."

편복선생이 눈을 한 번 감았다 뜨더니 말했다.

"이쪽으로."

삼 조는 발소리를 죽인 채 다시 이동을 시작했다.

동혈은 곳곳에 갈림길이 나와서 미로를 방불케 했다. 하지만 박쥐와 혼백이 연결되어 있는 편복선생은 청일이 지나간 길을 놓치지 않고 일행에게 안내했다.

"여기는 왼쪽 길로 가게. 다음에 길이 세 갈래로 나뉘는데 중간으로 들어가게."

길은 갈수록 좁아졌다.

삼 조는 일렬로 걸을 수밖에 없었다.

언제 어둠 속에서 망자가 튀어나올지 모르기 때문에 무공을 모르는 편복선생은 중간에서 걸었다. 선두는 정영이 맡았다. 혹시라도 망자가 산 자의 기척을 맡을 경우 가장 빠르게 처치할 수 있기 때문이다.

그러나 정영은 물론 아무도 병장기를 쓸 필요가 없었다.

"잠깐. 왼쪽에서 망자 둘이 오는군."

편복선생은 동혈 속을 배회하는 망자들의 움직임을 귀신처럼 읽었다.

"방금 지나갔네."

삼 조는 재빨리 망자가 지나친 곳을 통과했다. 멀리 어둠 속으로 어렴풋이 망자의 뒷모습이 보였지만, 그들은 산 자의 기척을 전혀 눈치채지 못하고 있었다.

청각으로 물체의 움직임을 탐지하는 박쥐.

박쥐의 감각을 전달받아서 잠행하고 있으니 망자도 어둠도 전혀 문제가 못 됐다. 병장기를 쓸 필요가 없는 것은 물론 완벽한 잠행이 이뤄지고 있었다.

송연화가 감탄하며 말했다.

"대단하군요. 이런 잠행이라면 식은 죽 먹기겠어요. 대체 저런 자를 어디서 구했죠?"

이강이 대답했다.

"도박장이다."

"뭐라고요?"

송연화가 말도 안 된다는 듯이 눈썹을 찡그렸지만 이강은 더 이상 대답하지 않고 씨익 웃음을 흘렸다.

그렇게 차 한 잔 마실 시간이 지났을 때였다.

편복선생이 눈살을 찌푸리며 말했다.

"청일이 피 웅덩이로 들어갔네. 두 손을 들어… 몸에서 목을 떼는군."

이강의 예측이 맞았다. 피로해진 청일은 잠시 산 자 추격을 멈추고 핏물을 흡수하려 했던 것이다.

또한 무명의 심계도 적중했다. 청일의 뒤를 쫓아온 바람에 미로처럼 얽힌 동혈을 쉽게 통과해서 망자 소굴에 가까워졌다는 것을 느낄 수 있었다.

그 증거로 어둠 속 곳곳에서 망자들의 기괴한 숨소리가 들리고 있었다.

키이이익, 쌔애애액.

무명이 말했다.

"이제 청일의 뒤를 밟을 필요는 없소. 망자들의 숨소리가 들리는 곳으로 가겠소."

일행은 아무도 반대하지 않고 고개를 끄덕였다. 애초에 청일을 따라온 것은 망자 소굴로 가는 지름길을 찾기 위해서였으니까.

"편복선생, 망자가 가장 많은 통로를 찾아주시오."

"…알았네."

각오는 하고 있었으나 막상 명령을 들은 편복선생은 침을 꿀꺽 삼켰다.

일부러 망자가 많은 곳으로 잠행한다. 모르는 자가 들었다면 자살행위라며 기겁했을 명령.

편복선생이 눈을 감으며 박쥐 조종에 정신을 집중했다.

곧 그가 눈을 뜨며 말했다.

"이쪽이네."

삼 조는 그의 안내에 따라 이동을 재개했다.

지하 도시에서 망자가 가장 많은 곳은 두 군데다. 하나는 망자 군대가 사열해 있던 광장, 하나는 지상의 황궁을 그대로 옮겨놓은 듯한 지하 황궁.

지금 동혈을 따라가면 두 군데 중 한 곳으로 갈 가능성이 높았다.

부적을 지니고 있지만 자칫 실수하여 명령자의 눈에 띈다면 수백, 아니, 수천이 넘는 망자들에게 포위될 상황.

동혈은 가면 갈수록 망자들의 숫자가 늘어났다.

넋을 잃은 채 살점이 썩어 들어가는 몰골로 지하를 배회하고 있는 혈귀들. 저승으로 가지 못하고 구천을 떠도는 영혼이 저렇지 않을까.

다행히 편복선생의 안내 덕분에 삼 조는 망자들의 시선을 피해 잠행할 수 있었다.

어느새 밥 한 끼 먹을 시간이 지났다.

갑자기 동혈이 끝나고 넓은 통로가 나왔다.

편복선생이 고개를 갸웃거리며 말했다.

"이상하군. 지금까지 본 망자들과는 많이 다른데?"

무명이 조심해서 동혈 밖으로 고개를 내밀었다.

편복선생의 말이 옳았다. 망자들의 수는 족히 수십이 넘었다. 그런데 그들은 누구 하나 비틀거리지 않고 굳건한 발걸음으로 통로를 이동하고 있었던 것이다.

게다가 한 가지 사실이 무명의 눈에 띄었다.

망자들은 검은 복면으로 얼굴을 가리고 전신에 흑의를 걸치고 있었다.

무명이 말했다.

"저들은 만련영생교의 신도요."

그는 임윤과 편복선생에게 만련영생교에 대해 간략히 설명했다.

한때 무명을 납치했으며 소림사행을 급습했던 만련영생교 일당. 배에서 납치되었을 때만 해도 그들은 망자가 아니었다.

하지만 망자가 득실대는 지하 도시에서 길을 찾아 이동하는 것을 보면 지금 저들은 모두 망자가 되었을 게 틀림없었다. 스스로의 뜻에 따라 목을 자르고 혈선충을 집어넣어서…….

문제는 만련영생교 일당이 등에 묵직해 보이는 짐을 둘러메고 있다는 것이었다.

무명이 명령했다.

"저들이 옮기는 짐이 무엇인지 알아야겠소."

전신에 흑의를 걸친 만련영생교 일당.

그런데 그들은 하나같이 묵직한 짐을 등에 둘러메고 있었다.

또한 지금까지 동혈은 울퉁불퉁하게 돌부리가 튀어나와 있었는데, 눈앞에 펼쳐진 통로는 무공을 모르는 자도 눈 감고 걸을 수 있도록 바닥이 매끈하게 포장되어 있었다.

잘 닦인 길을 일렬로 이동 중인 만련영생교 일당.

어딘가 수상쩍은 냄새가 풍겼다.

무명이 말했다.

"만련영생교가 중요한 물건을 옮기는 것 같소. 짐의 정체를 알아봐야겠소."

송연화가 반문했다.

"굳이 그럴 필요가 있나요? 위험을 무릅써야 될 텐데?"

"만련영생교는 자처해서 망자가 되어 시황을 모시는 자들이오. 아예 못 봤으면 모르지만 본 이상 저들이 옮기는 짐이 무엇인지 확인해야 하오."

"알았어요."

그녀가 고개를 끄덕이며 수긍했다.

편복선생이 무명의 말을 듣고 고개를 저으며 중얼거렸다.

"망자를 섬겨서 일부러 망자가 되었다고? 세상이 종말을 맞이하려고 하는가……."

그의 목소리는 태연했으나 말속에 짙은 한탄이 배어 있었다.

무명은 두 명을 골라 작전 수행을 맡겼다.

"정영, 임윤. 흑의인 한 명을 처치하고 짐을 가져오시오."

그가 작전을 설명했다.

만련영생교 행렬이 끝날 때 맨 끝에서 따라가는 자를 쥐도 새도 모르게 죽여서 끌고 온다. 간단하지만 무공 수위는 물론 전광석화처럼 빠른 검법이 필수인 작전. 삼 조에서 둘이 적임자였다.

정영과 임윤이 고개를 끄덕인 다음 동혈 밖으로 나갔다.

편복선생은 눈에 띄지 않도록 박쥐를 천장 근처로 날려 보냈다. 그리고 만련영생교의 움직임을 시간에 따라 전달했다.

"줄이 끝이 없군. 계속해서 몰려오고 있네."

"발걸음과 몸동작이 일사불란한 걸 보니 분명 그냥 혈귀는 아니군."

"잠깐……."

그가 잠깐 뜸을 들인 뒤 말했다.

"줄의 끝이 보이네. 맨 마지막에 오는 자가 마침 조금 떨어져서 걷고 있군."

만련영생교 일당은 혼백이 없는 혈귀가 아닐 가능성이 높았다. 산 자의 기척은 부적으로 지웠으나, 그들의 오감까지 막을 수는 없다. 만약 시선에 노출될 경우 침입자를 알아차릴 것이다.

때문에 정영과 임윤은 그림자 속에 철저히 몸을 숨긴 채 한 발짝씩 이동했다.

드디어 둘이 만련영생교 행렬과 불과 일 장 떨어진 곳에 도착했다.

편복선생이 말했다.

"곧 마지막 흑의인이 나올 차례네."

무명이 정영과 임윤에게 전음을 보내서 그의 말을 전달했다.

[곧 줄이 끝나오. 준비하시오.]

정영과 임윤은 혹시 들킬지 모르기 때문에 대답을 하지 않았다.

편복선생이 천천히 수를 세었다.

"하나, 둘……."

[하나, 둘.]

"셋, 지금이네!"

[셋.]

무명이 전음을 보내는 것과 동시에 정영과 임윤이 전광석화처럼, 그러나 아무 소리도 내지 않고 그림자 속에서 튀어 나갔다.

휙.

행렬의 마지막에서 걷던 흑의인이 바람 소리를 들었는지 고개를 돌렸다.

하지만 고개를 채 돌리기도 전에 그의 목숨은 끝나 있었다.

슛. 팍.

일검일살. 정영이 척사검을 뻗어 흑의인의 목을 꿰뚫은 것이었다.

무명이 전음을 보내 명령했다.

[망자를 처리하고 철수하시오. 혹시 혈선충이 살아 있을지 모르니 조심하고.]

하지만 혈선충을 걱정할 필요는 없었다. 정영이 검을 회수하자 흑의인은 비명도 지르지 못한 채 그대로 스르르 바닥에 쓰러졌던 것이다.

혈선충의 심맥을 단번에 꿰뚫은 것을 보고 임윤이 감탄하며 휘파람 부는 시늉을 했다. 정영은 아무 감정 없는 얼굴로 그를 무시했다.

둘은 서둘러서 망자를 처리했다.

정영은 망자가 등에 멘 짐을 풀었고, 임윤은 양발을 잡고 사체를 구석진 곳의 그림자 속으로 옮겼다.

그때였다.

갑자기 통로가 부르르 진동하면서 묵직한 괴음이 귀청을 때렸다.

구워어어어어……

소리는 그리 크지 않은 저음이었으나 문제는 진동이었다.

정영과 임윤이 동작을 멈추고 흑의인들이 어떻게 반응하는지 기다렸다.

만련영생교 일당은 잠깐 주춤했으나 곧 다시 갈 길을 갔다. 그런데 맨 마지막에 있는 자, 즉 방금 정영이 처치한 자 바로 앞에 있던 흑의인이 무심코 고개를 돌리다가 짐을 등에 메고 있는 정영을 발견하고 말았다.

정영이 척사검을 쥐었지만 때는 이미 늦었다.

흑의인이 입을 쩍 벌리며 소리쳤다.

…아니, 소리치려고 했으나 목에 무언가가 날아와 박히는 바람에 배 속에서 소리를 토하지 못하고 신음을 흘렸다.

쉬익. 푹.

"꺽……"

어느새 임윤이 몸을 날려서 단창을 내지른 것이었다.

정영과 임윤은 입을 다문 채 서로 시선을 마주쳤다. 말은 안 했지만 둘은 눈빛을 교환해서 대화했다.

즉사?

즉사.

임윤이 씨익 미소를 지었다.

그제야 목이 꿰인 흑의인이 신음성을 멈춘 채 몸을 축 늘어뜨렸다.

임윤이 천천히 단창을 내려 흑의인의 몸을 바닥에 놓았다. 그가 조심해서 단창을 뽑자 뼈가 갈리는 소리가 작게 들렸다. 드드득.

다른 흑의인들은 등 뒤에서 무슨 일이 벌어졌는지 전혀 깨닫지 못하고 줄을 지어 걸어갔다. 그리고 통로가 꺾어지는 모퉁이로 들어가 한 명씩 사라졌다.

곧 흑의인들이 모두 가버리자 삼 조는 동혈에서 나왔다.

송연화가 말했다.

"방금 괴음과 진동은 괴물의 입이 낸 게 분명해요."

무명은 고개를 끄덕였다. 거대한 진동의 발원지라면 괴물의 입밖에는 없으리라고 이미 예측하고 있었던 것이다.

"당문삼독이 처치한 것이오?"

"그래요. 당호가 말하길 당문은 시독으로 괴물 입의 숨통을 끊을 것이라고 했어요."

거대 촉수가 날뛰는 피 웅덩이. 먼저 잠행조는 촉수를 대처하지 못하고 두 갈래로 나뉘어야 했다. 그런데 사천당문이 있는 이 조가 괴물 입을 끝장낸 것이다.

당문 독공의 위력이 어느 정도인지 실감이 안 됐다.

송연화가 쓰러진 흑의인들을 보며 말했다.

"하마터면 들킬 뻔했군요. 망자는 일검에 죽이기 쉽지 않으니까."

그녀의 말속에 가시가 있었다. 즉, 정영의 사일검법은 인정하지만 임윤의 창이 망자를 즉사시킨 것은 운이 좋았다는 뜻이었다.

그러자 임윤이 정영을 흘깃 한 번 보며 말했다.

"속도는 질 생각 없지만 검법의 정묘함은 인정하지. 대신 나는 이런 것을 준비했다."

그가 망자를 처치한 단창의 끝을 치켜들었다.

"흑랑성을 나온 뒤 생각해 봤지. 목을 베어도 당장 죽지 않는 망자를 상대로 어떤 병장기가 가장 강력할지. 이게 가장 좋더군."

순간 송연화가 아미를 찡그렸다.

"사모?"

사모(蛇矛)는 창날이 뱀처럼 구불구불 휘어진 창을 말한다. 임윤이 검은 천을 덮어씌우고 등에 메고 다니던 병장기는 사모 날을 지닌 단창 네 자루였던 것이다.

게다가 임윤의 사모는 단순히 갈지자처럼 좌우로만 구부러진 게 아니라 날이 회전하며 비틀어져 있었다.

"망자 상대로 그럭저럭 쓸 만하군."

일행은 그의 말에 동감했다.

회전하며 비틀린 창날은 망자의 목을 관통한 다음 빠져나오면서 살점을 크게 도려낼 것이다. 주위의 목뼈를 후벼 파낼 수 있다면 혈선충의 심맥을 일검에 찌르는 것이나 마찬가지가 아닌가.

이강이 말했다.

"톱날이 밀 때보다 뺄 때 나무를 갈라 버리는 원리냐?"

"잘 아는군."

"길이도 일부러 짧게 한 거냐?"

"지하에서 장창은 걸리적거리니까."

길이가 일 장을 넘는 장창은 위력이 강맹한 병장기로 손꼽힌다.

하지만 지하 도시의 비좁은 동혈에서는 장창을 쓸 수 없다. 때문에 임윤은 비교적 짧은 단창에 사모 창날을 달아서 자신만의 병장기를 제작한 것이었다.

송연화가 고개를 끄덕이며 말했다.

"확실히 망자 상대로 효과적이겠군요. 하지만 단창은 장창보다 위력은 약한 대신 쓰기는 어려워요. 창술이 문파 장문인만큼 숙련되지 않으면……."

그때 이강이 끼어들며 말했다.

"저놈 별명이 숙수다."

"숙수?"

"그래. 모든 종류의 도검을 자유자재로 다룬다고 해서 숙수지. 북악검문의 탈명비검이라고 들어봤냐?"

"탈명비검? 설마 그럼 당신이……."

"집어치워."

임윤이 싸늘한 표정으로 말을 자르더니 몸을 돌려서 가버렸다.

송연화가 영문을 몰라서 고개를 돌렸지만 이강은 무엇이 우스운지 어깨를 으쓱하며 킬킬거리기만 했다.

그때였다.

편복선생이 흑의인들이 사라진 통로를 가리키며 말했다.

"다들 저기를 좀 봐야겠네."

그는 박쥐를 보내 통로가 꺾어지는 너머를 조사한 것 같았다. 문제는 평소 대담하던 그가 목소리를 떨고 있다는 것이었다.

삼 조는 발소리를 죽이며 통로로 접근했다. 무명이 조심해서 통로 너머로 고개를 내밀었다.

순간 그는 침을 꿀꺽 삼키며 몸이 굳고 말았다.

통로는 그곳에서 끝나고 아래로 긴 계단이 이어졌는데, 계단이 끝나는 곳은 지하라고 생각할 수 없을 만큼 드넓은 광장이 자리하고 있었다. 때문에 고개를 내밀어도 망자들에게 들킬 염려는 없었다.

문제는 광장에 있는 망자들이 단순한 혈귀가 아니라는 점이었다.

"망자 군대가 열병식을 하고 있소."

"……!"

일행 모두 깜짝 놀라며 통로 너머를 봤다.

사실이었다. 망자 군대가 광장에 오와 열을 맞추며 정렬하고 있었다.

한눈에 봐도 족히 수천을 넘어 보이는 숫자. 게다가 허리에 환도를 차고 등에 강궁을 메거나 방천극 같은 창을 꼬나들고 있는 등 망자들은 그냥 혈귀가 아니라 무장을 한 병사들이었다.

이전 잠행 때는 목각상처럼 부동자세로 서 있던 병사들.

그러나 이제 병장기를 지니고 군수품을 옮기는 등 분주하게 움직였다. 전쟁 준비를 하고 있는 것이었다.

세상을 향한 전쟁, 산 자를 멸절시키려는 전쟁.

송연화가 말했다.

"큰일이에요. 저들을 막아야 해요."

이강이 피식 웃으며 되물었다.

"어떻게?"

송연화는 대답이 궁해서 입을 다물었다.

이강의 짧은 말은 단순한 독설이 아니라 정곡을 찌르는 것이었다. 일사불란하게 움직이는 수천 명의 망자 군대를 무슨 수로 막는단 말인가?

"결국 원점으로 돌아왔군."

임윤이 침묵을 깨고 말했다.

"시황이란 놈을 제거하는 게 급선무다. 그럼 놈에게 조종받고 있는 망자들도 정신 줄을 놓고 혈귀로 돌아가겠지."

그 말에 일행은 조용히 고개를 끄덕였다. 결국 시황을 죽인 뒤 상황을 지켜보는 것 말고는 다른 방법이 없었다.

그런 와중에 흑의인들은 망자 군대의 중앙으로 난 길을 따라 이동하고 있었다.

문득 무명은 이상한 생각이 들었다.

흑의인들이 지나가자 병사들이 좌우로 물러서며 길을 만들어준다? 마치 망자 군대가 흑의인들을 호위하는 듯한 장면. 만련영생교가 그만큼 대단한 존재일까? 망자들의 황제를 자처하는 시황보다 더?

그게 아니라면 혹시…….

무명이 말했다.

"흑의인들의 짐을 조사해야겠소."

그리고 몸을 돌려서 정영과 임윤이 쓰러뜨린 흑의인들에게 재빨리 걸어갔다.

일행은 무슨 뜻인지 몰라 어깨를 으쓱하면서 무명의 뒤를 따라왔다.

임윤의 사모에 목이 꿰뚫린 흑의인은 짐을 등에 둘러멘 채
로 절명해 있었다. 짐은 검은 천으로 둘러싸여 있어서 무엇인
지 알 수 없었다.

무명이 허리에 찬 환도를 뽑은 다음 천을 잘랐다. 주르륵.
천 자락이 흩어지자 나온 것은 크기가 일 척가량 되는 정사
각형 모양의 나무 상자였다.

계속해서 검 끝을 뻗어 나무 상자의 뚜껑을 열어젖혔다.

벌컥.

무명이 이마에 맨 천을 빙글 돌려서 육안룡을 완전히 밖으
로 꺼냈다.

삼 조 일행은 둥글게 모여서 머리를 가까이 하고 상자 속을
봤다. 육안룡의 빛 줄기가 시커먼 상자 속을 밝혔다.

상자 속에 들어 있는 것은 작고 검붉은 항아리였다.

송연화가 고개를 갸웃거리며 말했다.

"항아리? 속에 뭐가 들었죠?"

순간 꽃봉오리가 열리듯이 항아리가 여덟 갈래로 갈라지며
벌어졌다.

쫘아악!

그리고 항아리 중간에 숭숭 난 구멍에서 혈선충이 튀어나
왔다.

터벅터벅터벅.

수많은 망자들이 어두운 동혈 속을 걷고 있었다.

갑자기 동혈이 끝나며 공터가 나왔다. 그곳에는 제법 화려한 갑주를 걸친 망자들이 새로 나타난 망자들에게 무언가를 건네주고 있었다.

환도, 비수, 강궁, 장창 등의 병장기.

즉, 생전에 군인이었던 망자가 다른 망자들을 무장시키고 있는 것이었다.

병장기를 받은 망자는 마지막으로 투구를 받았다.

턱.

투구를 머리에 얹은 망자는 앞에 난 동혈 속으로 들어가 사라졌다. 동혈이 끝나는 곳까지 가면 망자 군대가 열병하고 있는 광장이 나오리라.

그럼 새 망자 병사가 한 명 추가되는 것이다. 그런데 방금 투구를 쓴 망자는 군대 열병식에 참가하지 못했다.

망자가 동혈이 꺾어지는 모퉁이를 돈 순간 시커먼 암흑 속에서 무언가가 번쩍거리며 목을 향해 날아왔던 것이다.

스윽. 퍽.

귀신처럼 나타난 항마도가 망자의 목을 베었다.

이번에는 망자의 몸뚱이가 바로 바닥에 고꾸라져서 꿈쩍도 하지 않았다. 운이 좋았다. 혈선충의 심맥을 단칼에 가른 것이다.

항마도의 주인은 망자의 목과 몸뚱이를 구석진 곳에 숨겼다. 그리고 어둠 속으로 들어가 자취를 감췄다.

<u>스르르르.</u>

어둠 속에는 총 여섯 명의 인영이 있었다.

방금 망자를 처치한 진공이 진문에게 보고했다.

"갈수록 망자의 숫자가 많아지고 있습니다. 길을 제대로 찾고 있다는 증거입니다."

막내 진명이 고개를 끄덕이며 말했다.

"잘되었군요. 이 길로 망자들을 따라갑시다."

하지만 진문이 그 말을 반박했다.

"아니. 우리는 다른 길을 찾는다."

"망자 군대가 모이는 곳이 목표지가 아닙니까?"

진명이 의아하다는 듯 묻자 진문이 고개를 저으며 대답했다.

"명심해라. 우리 목표는 망자가 아니라 시황이다."

"아……."

"망자 군대가 있는 곳에 시황도 모습을 나타날 것이다. 하지만 군대 진영 속으로 들어갈 수는 없으니, 시황이 어떤 동혈로 움직이는지 경로를 확보해야 한다."

"잘 알겠습니다."

진명이 수긍하며 대답했으나 진공이 재차 의문을 제기했다.

"좋은 생각이지만 무슨 방법으로 알아내죠? 그자가 어느 동혈로 움직일지 어떻게 안단 말입니까?"

"내게 한 가지 생각이 있다. 진명, 망자들 중 방천극을 든

자들이 있었지?"

"예."

"그들은 어디로 갔느냐?"

"그러고 보니 방천극을 든 망자는 다른 동혈로 들어갔…
아!"

그제야 진문의 뜻을 깨달았는지 진명이 다시 한번 감탄을
토했다.

진문이 자신의 예측을 설명했다.

"시황이란 자는 스스로 황제라 칭하고 있다. 방천극은 금위
군의 병기지. 즉, 방천극을 든 망자는 시황의 근처에서 호위할
거라는 게 내 생각이다."

진공도 고개를 끄덕이며 동감을 표했다.

"일리 있군요. 방천극을 든 망자는 등에 강궁을 멘 경우가
대부분이었습니다."

"그래, 생전에 금위군이었던 자들이다."

"그자들이 향한 곳은 이쪽입니다."

진명이 동혈 속에 난 갈림길 중 하나를 가리켰다.

"이동한다."

진명의 명이 떨어지자 여섯 그림자가 바람처럼 동혈 속을
달리기 시작했다.

타타타탓.

그런데 진명의 길 찾기와 진문의 예측이 너무 정확했던 탓

일까?

얼마 가지 않았는데 소림승 여섯의 앞에 방천극을 든 망자들의 행렬이 나타났던 것이다.

소림승들은 재빨리 발을 멈추고 그림자 속에 숨었다. 그리고 벽면에 몸을 바싹 붙인 채 망자들이 지나가길 기다렸다.

터벅터벅터벅……

망자들이 소림승들이 숨은 그림자 옆을 지나갔다.

순간 그들이 생전에 금위군이었다는 사실을 한눈에 알 수 있었다. 방천극과 강궁 말고 더욱 확실한 증거. 바로 망자들이 금위군의 갑주를 걸치고 있었던 것이다.

성정이 급한 진공이 참지 못하고 진문에게 전음을 보냈다.

[제대로 찾았군요. 사형 말씀이 옳았습니다.]

[그래.]

그때였다.

터벅터벅… 척!

갑자기 망자들이 제자리에서 걸음을 멈췄다.

평범한 강호인이었다면 제풀에 놀라서 비명을 질렀을 상황. 하지만 소림승들의 심장은 강철 같아서 미동도 하지 않고 사태를 주시했다.

[설마 우리를 발견한 걸까요?]

[그럴 리 없다.]

진문이 단언했다.

제갈세가의 부적을 지니고 있는 한 혈귀는 산 자의 기척을 눈치채지 못한다.

눈앞의 망자들 중 단순한 혈귀가 아닌 명령자가 있다고 해도 사정은 마찬가지였다. 소림승들은 벽에 드리워진 어둠 속에 철저히 은신해 있었기 때문이다.

만약 정체가 탄로 났다면 진문과 진공이 주고받은 전음을 누군가가 들었을 가능성 정도?

하지만 그 가능성은 없는 것과 같았다.

바로 옆에 있는 자에게 귓속말을 하듯이 건넨 전음. 그런 전음은 당사자가 아니면 듣지 못한다. 소림 방장쯤 되는 엄청난 내공 고수가 아니라면 절대……

그때 망자들 중 누군가가 말했다.

"산 자의 기척이 전혀 느껴지지 않는군."

처억.

망자 하나가 앞으로 한 발짝 걸어 나왔다.

"소문은 들었다. 흑랑비서에 망자의 눈과 귀를 속이는 부적 제작법이 있다지?"

그가 손을 들어서 머리에 쓴 투구를 천천히 벗었다.

순간 진문은 실수했다는 것을 깨달았다.

눈앞의 망자는 검은 복면을 쓰고 있으나 진문은 그가 누구인지 직감적으로 알아차렸다. 그는 바로 소림사행을 급습했던, 만련영생교 흑의인들을 이끌던 자였다.

사실 따지고 보면 진문의 실수는 아니었다.

소림승들 중 그 누가 감히 소림 방장만큼의 내공 고수가 또 존재하리라고 상상할 수 있었겠는가?

금위군 복장을 한 채 망자 무리에 섞여서 침입자들을 찾던 광명좌사.

목적을 달성한 그가 차갑게 웃으며 말했다.

"여기까지 잘도 들어왔군. 하지만 이제 끝이다."

그가 소림승들을 향해 방천극을 가리키자 망자들이 일제히 입을 쩍 벌리며 괴성을 토했다.

키에에에엑!

먼저 잠행조를 공포에 떨게 만들었던 괴물의 입.

그러나 괴물의 입은 당문삼독의 탈혈사독 살포 탓에 죽음의 못으로 바뀌었다. 검붉은 피 웅덩이는 이끼가 낀 것처럼 짙은 녹색이 되었고 곳곳에서 죽은 망자들의 사체가 힘없이 둥둥 떠올랐다.

그나마 간신히 피 웅덩이에서 빠져나온 망자들은 당청의 폭우이화정 세례를 받고 쓰러졌다.

말 그대로 생지옥의 현장.

장청이 믿지 못하겠다는 듯이 중얼거렸다.

"말도 안 돼… 괴물 입을 상대로 이렇게 쉽게 이길 줄은 몰랐군."

당호가 쓴웃음을 지으며 말했다.

"이겼다고요? 고모님은 그렇게 생각 안 하실걸요?"

"그럼 뭐냐?"

"망자 소굴을 청소하신 거죠. 깨끗이."

장청은 침을 꿀꺽 삼켰다.

청소. 당문삼독의 독공은 그렇게 부를 만한 자격이 있었다.

피 웅덩이에서 더 이상 나오는 망자들이 없자 소극상과 당백기가 공터를 건널 준비를 했다.

둘이 나란히 서서 지주사전을 발사했다.

투웅. 쇠 화살이 날아가자 사슬이 풀려 나갔다. 촤르르르. 공터 반대편의 벽면에 쇠 화살이 박히자 둘은 발밑에 한 번 더 발사해서 사슬이 팽팽해지도록 고정시켰다.

그러자 두 줄의 사슬이 일 척의 사이를 두고 공중을 나란히 가로질렀다.

이어서 소극상이 사슬 위를 달리며 등에 멘 짐에서 무언가를 꺼내 던졌다. 그가 던진 것은 어른 손바닥만 한 크기의 철판이었는데, 지남철이 달렸는지 두 줄의 사슬에 가서 자동으로 붙는 것이었다.

철컥철컥철컥.

소극상이 공터 반대편의 통로에 착지하자 두 줄의 사슬은 일정하게 발판이 이어지는 즉석 줄다리로 변신했다.

"모두 이동하자."

당청의 명령에 이 조는 한 명씩 줄다리를 건너기 시작했다.

가는 사슬 두 줄에 철판을 붙여 임시방편으로 만든 줄다리. 무공을 모르는 자가 걷는다면 휘청거리다가 떨어질 만큼 줄다리는 불안정하고 균형을 잡기 힘들었다.

하지만 당청과 당백기, 정결사태는 무공 고수답게 평지를 걷는 것처럼 줄다리를 건넜다.

"좀 거들겠습니다."

당호가 무사의 짐을 나눠서 들려고 했다.

그때 당청이 당호를 막았다.

"그냥 둬라."

"네? 하지만 고모님……."

"짐꾼으로 부릴 자를 달라고 했다. 설마 제갈성이 한 사람 몫도 못 하는 자를 줬을 리는 없겠지."

당청이 그렇게 말하자 당호는 무사를 돕지 못하고 몸을 돌렸다.

장청과 당호도 어렵지 않게 줄다리를 건너는 데 성공했다.

마지막으로 남은 무사. 안 그래도 줄다리는 불안정한데 그는 당문삼독의 짐이 든 커다란 혁낭을 둘러메고 있었다. 장청과 당호는 불안한 심정으로 무사를 지켜봤다.

그런데 무사는 가볍게 몸을 날리더니 굳건한 걸음으로 철판을 딛고 건너오는 것이 아닌가?

정결사태도 뜻밖이라는 듯이 살짝 감탄했다.

"짐꾼으로 부리기는 아까운 자군."

당청이 피식 웃으며 말했다.

"경신법은 대단치 않지만 발이 굳건한 걸 보니 제법 내공심법은 익힌 자로군."

당청 수준의 고수한테 무사 정도가 눈에 들어올 리 없었다.

하지만 장청과 당호는 무사가 제갈성이 부리는 자들 중에서 최고 고수가 틀림없다는 것을 직감했다. 제갈성은 그냥 짐꾼이 아니라 잠행에 도움이 될 자를 보낸 것이리라.

이 조는 몸을 돌려서 괴물 입 공터를 떠났다.

그렇게 차 한 잔 마실 시간이 지났을 때 통로는 끝이 났다. 이 조가 비좁은 통로를 빠져나오자 그 앞에 광활한 도시가 펼쳐져 있었다.

"여기가 지하 황궁이란 곳이냐?"

"네, 고모님."

지상과 이어지는 팔 층 전각이 있는 지하 황궁. 이 조는 괴물의 입을 통과하여 목적지에 도착하는 데 성공한 것이었다.

일직선으로 뻗은 거리, 삼 장 높이의 담장, 빽빽하게 늘어서 있는 건물들.

지하 황궁의 모습은 다시 봐도 놀랄 만큼 웅대했다. 그러나 지하 황궁에 두 번째 발을 들이는 장청과 당호는 감상에 젖을 수 없었다. 저 도시에 어떤 공포가 도사리고 있는지 잘 알기 때문이었다.

정결사태가 말했다.

"지하에 이런 곳을 만들어놨다니 망자들의 세도 무시할 수 없겠소."

하지만 당청은 여전히 코웃음을 쳤다.

"대단할 것 없소. 그래 봤자 망자 소굴일 뿐이오."

당호가 조바심을 숨기며 말했다.

"고모님, 여기는 진짜 황궁처럼 경비가 삼엄합니다. 금위군 망자가 여섯 명이 한 조를 짜서 정찰을 도는데, 놈들 시선에 걸리면 부적을 지니고 있어도 발각된다고요."

그러나 당청은 들은 척도 하지 않았다.

"잘됐구나. 마침 장소도 넓겠다, 망자들이 떼로 몰려오면 한 번에 처치하면 되겠군."

"네……."

당호는 힘없이 대답하다가 장청과 눈이 마주치자 방법이 없다는 뜻으로 어깨를 으쓱했다.

"가자."

당청이 황궁 거리를 향해 앞장서자 일행은 그 뒤를 따랐다.

정결사태가 당청에게 물었다.

"앞으로 계획은 무엇이오?"

"괴물 입을 처치했으니 이 조는 임무의 절반을 수행한 셈이오."

"나머지 절반은?"

"여기 지하 황궁에서 최대한 망자를 죽이며 팔 층 전각을 지키는 것이오."

"지상으로 나가는 탈출로를 확보하는 것이군."

"그렇소. 일 조와 소림 방장이 시황을 죽이고 오면 지하 도시를 불태우고 지상으로 나가는 게 내 계획이오."

당청의 말은 거침이 없었으며, 계획 또한 자신감만큼 분명했다.

당호가 조심히 질문을 건넸다.

"그럼 삼 조는요?"

"삼 조? 살아서 돌아온다면 물론 함께 나가야지."

피식 웃음을 흘리며 대답하는 것으로 보아 그녀는 삼 조가 제시간에 맞춰서 돌아올 리 없다고 생각하는 것 같았다.

당청이 무사에게 명령했다.

"여기에 짐을 풀어라."

"예."

무사는 군더더기 없는 재빠른 동작으로 몸을 굽히고 등에 멘 짐을 바닥에 풀었다. 평범한 동작이었지만 제법 무공을 익힌 모습이었다.

무사가 몇 겹으로 싸인 검은 천을 활짝 풀어헤치자 큼지막한 상자가 나왔다. 그가 두 손으로 상자 뚜껑을 열었다.

삐걱.

상자 안을 본 정결사태가 양미간을 심하게 찡그리다가 코 웃음을 터뜨리며 말했다.

"흥! 산서 벽력당의 보물이 어디로 사라졌나 했더니 당문이 가로챘었군."

벽력당의 보물.

상자 속에 가득히 쌓여 있는 것은 다름 아닌 폭뢰였다.

상자 속에는 벽력당의 폭뢰가 가득 들어 있었다.

정결사태가 사천당문이 산서 벽력당의 폭뢰를 가로챈 게 아니냐고 비꼬았지만 당청은 냉담하게 잘라 말했다.

"당문은 비법을 빌렸을 뿐 훔친 적은 없소."

물론 그 말을 곧이곧대로 믿을 자는 강호에 아무도 없으리라.

당청이 검지로 정면을 가리키며 명령했다.

"지금부터 폭뢰를 설치하겠다. 이쪽을 임시로 북쪽으로 한다."

지하 황궁은 거리와 건물이 일자로 반듯이 늘어서 있기 때문에 동서남북 방위를 지정하는 데 무리가 없었다.

"당호, 네가 장청과 무사를 데리고 북쪽 길에 폭뢰를 설치해라."

"예, 고모님."

"사태, 저들과 함께 가시오. 우리 셋이 나머지 세 방위를 맡겠소."

당청의 조 나눔이 이상했다. 동서남 방위는 당문삼독이 각자 혼자서 맡는 반면, 북쪽은 폭뢰를 설치하기 위해 당호가 반드시 끼어야 한다는 점을 제외하더라도 나머지 인원이 모두 들어가 있지 않은가?

"북쪽만 사람이 너무 많은 것 아니오?"

정결사태가 지적하자 당청이 당호, 장청, 무사를 가리키며 말했다.

"저들이 아무래도 불안하오. 망자들이 덮치면 지켜줘야 할 자가 있어야 하지 않겠소? 귀찮겠지만 사태가 수고 좀 해주시오."

"훗, 알겠소."

정결사태도 알았다는 듯 코웃음을 터뜨렸다.

당청도 정결사태도 장청과 당호는 전력 외로 보고 있었다. 그렇다고 고모과 무림 명숙에게 불평을 할 수도 없으니 장청과 당호는 기운이 많이 빠졌다.

폭뢰는 가느다란 봉을 일 척 길이로 잘라놓은 모양이었다. 일행은 등에 멘 혁낭에 폭뢰를 잔뜩 넣은 뒤 도화선 뭉치를 하나씩 들고 네 방향으로 흩어졌다.

당호, 장청, 무사, 정결사태는 북쪽 길로 향했다.

당호는 일정 거리를 지날 때마다 담장이나 건물 사이의 틈새에 폭뢰를 놓고 도화선을 연결했다.

장청이 물었다.

"폭뢰가 부족하지 않을까?"

"오히려 도화선이 부족할까 봐 걱정입니다."

지상의 작은 도시를 방불케 하는 지하 황궁. 가느다란 도화선을 칭칭 감은 뭉치는 한참 돌려야 모두 풀릴 만큼 길었지만, 폭뢰 개수보다 폭뢰와 폭뢰를 연결할 도화선이 중간에 떨어질 정도로 지하 황궁은 넓었다.

일행은 곧 팔 층 전각에 도착했다.

당호는 전각을 왼쪽으로 돌아서 일행을 안내했다. 전각에는 폭뢰를 설치하지 않았다. 만약 잘못해서 폭뢰가 전각을 무너뜨리는 날에는 꼼짝없이 지하에 갇힐 수 있으니까.

정결사태가 주위를 둘러보며 말했다.

"여기는 지하가 아니라 진짜 황궁이라고 해도 믿길 정도군."

"그렇습니다."

당호가 대답했다.

거리는 곳곳에 횃불이 타고 있었으며 돌바닥으로 된 길은 흙먼지가 일지 않게 잘 정비되어 있었다. 누군가 정신을 잃었다가 이곳에서 눈을 뜬다면 그냥 지상에 있다고 착각하리라.

"듣기로는 여기가 지하 도시에서 가장 망자 출몰이 빈번하다고 하던데?"

"예, 그랬었죠."

"그럼 망자들이 왜 안 보이는 거지?"

"저도 사정을 모르겠습니다."

"그러냐."

정결사태가 고개를 끄덕이더니 갑자기 허공으로 몸을 날렸다.

획!

그녀는 단숨에 삼 장 높이의 공중으로 떠올랐다. 그리고 거리 옆에 있는 담벼락 위에 사뿐히 착지했다.

탁. 마치 깃털처럼 가벼운 움직임.

장청과 당호는 입을 살짝 벌리고 멍하니 정결사태를 쳐다봤다. 경신법 하나만 봐도 그녀가 아미파의 원로 고수라는 사실을 새삼 느낄 수 있었다.

정결사태가 천천히 고개를 돌리며 주위를 살폈다.

하지만 거리 어디에서도 망자의 모습은 발견하지 못하는 것 같았다.

"아무 데도 안 보이는군."

당호도 고개를 갸웃하며 장청에게 말했다.

"확실히 이상합니다. 지난번과 너무 달라요."

"글쎄. 시황이 망자를 몽땅 군대로 불렀나 보지."

장청이 대답했다.

그러나 당청은 그 생각에 반대했다.

지하 황궁은 지상처럼 금위군은 물론 비빈과 환관 무리까지 망자가 되어서 돌아다녔다. 설마 비빈과 환관까지 군대로 동원했다는 말인가? 아무리 망자라도 그건 좀 이상했다. 시황이란 자가 정말 망자들의 황제를 자처한다면 말이다.

게다가 거리가 지나치게 조용했다.

"……."

지하 도시는 어디를 가나 망자가 내는 괴이한 숨소리를 들을 수 있다. 하지만 동혈을 나온 다음부터 숨소리가 감쪽같이 사라진 것이다.

문득 정말 이상한 상상이 떠올랐다.

잠행조가 산 자의 기척을 없애는 부적을 지닌 것처럼, 망자도 망자의 기척을 없애는 부적을 지니고 있는 것은 아닐까? 그렇다면 모든 정황이 설명되지 않는가?

만약 지금 망자들이 기척을 숨긴 채 몰래 접근하고 있다면…….

오싹 소름이 돋았다. 당호는 무심코 주위를 둘러봤지만 아무리 주의를 집중해도 누군가 다가오는 기척은 느낄 수 없었다.

담벼락에 올라갔던 정결사태가 아래로 뛰어내려서 가볍게 착지하며 말했다.

"망자는커녕 쥐새끼 한 마리 없군."

"그렇네요."

소름이 돋았던 것은 역시 기분 탓이리라. 당호는 심호흡을 한 번 한 뒤 담벼락이 갈라진 틈새에 폭뢰를 마저 끼워 넣고 도화선을 연결했다.

그때였다.

정결사태의 뒤에 있는 담벼락이 굉음을 내며 무너졌다.

퍽! 우르르르!

이어서 무너진 담벼락 속에서 거대한 그림자가 튀어나와 정결사태를 덮쳤다.

턱! 수박도 한 손아귀에 잡을 만큼 커다란 손바닥이 그녀의 어깨를 틀어쥐었다. 콰드득! 굵직한 손가락들이 살 속에 파고들자 정결사태가 신음을 토했다.

"크흑!"

담벼락 속에서 그림자가 성큼 한 발짝을 걸어 나왔다.

터엉!

지축을 울릴 만큼 위압적인 발걸음

그제야 당호는 무림맹 회동 때 진문이 보고했던 내용이 기억났다. 만련영생교의 흑의인 중에 엄청난 거구와 기이한 몸체를 가진 광인 살수가 있다는 사실이……

그 광인을 뭐라고 부른다고 했었는데?

당호가 목소리를 떨며 중얼거렸다.

"광명우사……?"

광명우사가 스윽 고개를 돌려서 당호를 보고 말했다.

"날 알아봐 주다니 고맙군. 네놈은 가장 마지막에 죽여주마."

무명이 검 끝으로 나무 상자의 뚜껑을 열었다. 상자 속에 들어 있는 것은 정체불명의 검붉은 항아리였다.

송연화가 얼굴을 바싹 들이대며 말했다.

"항아리? 이게 뭐죠?"

그때 항아리가 꽃봉오리가 열리듯 여덟 갈래로 벌어졌다.

쩌어어억!

정영이 소리쳤다.

"조심해!"

하지만 때는 늦었다. 항아리 속에 숭숭 뚫린 구멍들에서 혈선충이 튀어나와 송연화의 얼굴을 덮쳤던 것이다.

쐐애애액!

순간 송연화의 신형이 물 위에 비친 그림자가 너울거리듯이 뒤로 물러났다.

스스스스.

그녀의 두 발은 그대로 바닥에 붙어 있었다. 하지만 발을 떼지 않았는데도 그녀의 몸은 얼음판을 미끄러지는 것처럼 움직였다.

내공 심법으로 몸을 움직이는 수법. 바로 곤륜파의 운룡대팔식이었다.

이어서 검광이 번쩍였다.

스팟!

송연화가 순식간에 검을 뽑아 혈선충 다발을 동강 내어버린 것이었다.

중간이 갈라진 혈선충들이 뭉턱 바닥에 떨어졌다. 꿈틀꿈틀… 잠시 몸체를 비비 꼬던 혈선충들은 곧 축 늘어져서 움직임을 멈췄다.

전광석화 같은 경신법으로 가볍게 혈선충을 피한 송연화.

하지만 그녀의 얼굴은 충격에 휩싸여 있었다.

"대체 이게 뭐죠?"

무명이 앞으로 나오며 대답했다.

"이건 혈선충 단지요."

"혈선충은 망자 몸속에 있는 것 아니었나요?"

"저번 잠행 때 지하 도시의 밑바닥에 혈선충 단지가 쌓여 있는 곳이 있었소. 어쩌면 이 혈선충 단지를 통해 망자들을 감염시키는 것일지도 모르오."

"설마 그럼 저 항아리가⋯⋯."

송연화는 상자로 고개를 돌렸는데, 마침 숨통이 끊어졌는지 검붉은 항아리가 주둥이를 오므리며 몸체를 축 늘어뜨리는 것이었다.

그 괴이한 모습에 일행은 침을 삼키며 침묵했다.

단지는 그냥 항아리가 아니었다.

혈선충을 담고 있는, 아니, 혈선충을 알처럼 품고 있는 살아 있는 괴물이었다.

이강이 킬킬거리며 말했다.

"멀쩡한 사람이 어느 날 갑자기 망자가 됐겠냐? 다 저런 것에서 감염돼서 망자가 되기 시작한 거지, 후후후."

"……."

이강의 말은 조롱투였으나 그 내용은 의미심장했다.

일행은 잠시 말없이 혈선충 단지를 바라봤다.

혈선충 단지는 겉은 검붉은 항아리였으나 꽃봉오리가 열리듯 쪼개진 속살은 짙은 녹색을 띠고 있었다. 또한 그 안에 혈선충이 삐져나오는 검은 구멍이 수십 개가 넘게 숭숭 뚫려 있었다.

편복선생이 무심코 중얼거렸다.

"꼭 연꽃같이 생겼군."

순간 무명의 뇌리를 스치는 생각이 있었다.

만련영생교의 련(蓮)은 연꽃이다. 혹시 만련영생교란 이름은 이 혈선충 단지에서 따온 것이 아닐까? 망자를 숭배하는 집단이니 충분히 가능성 있는 추측이었다.

잠시 멍하니 있던 송연화가 정신을 차리고 검을 치켜들었다.

"나머지도 마저 끝장내야겠어요."

정영과 임윤이 처치한 흑의인은 두 명이니 나무 상자는 하나가 더 있었다.

송연화가 상자로 다가가서 검을 치켜들었다. 그리고 상하좌우로 검을 두 번 그었다.

퍼퍽!

열십자의 검광이 상자를 통째로 베자 속에서 기분 나쁜 소리가 들렸다.

꾸웨에엑……

상자가 양옆으로 벌어지자 몇 조각으로 동강 난 혈선충 단지가 숨이 끊어지며 축 늘어졌다.

그때 편복선생이 양미간을 구기며 말했다.

"저게 뭔가? 상자에 무언가 글귀가 쓰여 있는데?"

일행은 상자로 가서 머리를 한데 모았다. 혈선충 단지는 이미 죽었지만 왠지 꺼림칙해서 아까보다는 가까이 모이지 않고 조금 거리를 두었다.

상자에 붉은색으로 쓰인 글귀는 다음과 같았다.

'十七 河南 少林寺'

"십칠, 하남, 소림사? 이게 무슨 뜻이죠?"

순간 무명은 어떤 추측을 떠올리고 경악했다.

그가 몸을 돌려서 다른 혈선충 단지 앞으로 달려갔다. 그리고 상자를 뒤집어서 붉은색 글귀를 확인했다.

'二十三 遼寧 慕容世家'

다른 일행도 무명의 옆으로 와서 글귀를 읽었다.

"이십삼, 요령, 모용세가? 망자들이 대체 왜 중원 무림의 두 문파를……."

그때 모두의 생각을 읽었는지 이강이 말했다.

"이 상자는 만련영생교가 소림사와 모용세가에 보내는 선물이다."

"……!"

"혈선충 단지가 든 상자를 보내서 소림사와 모용세가 인물을 몽땅 망자로 만들려는 속셈이군, 후후후."

그의 웃음소리가 평소와 달리 얼음처럼 싸늘했다.

송연화가 안광을 빛내며 소리쳤다.

"감히 망자 따위가 무림의 태산북두인 소림사를 감염시키겠다고? 말도 안 되는 소리!"

만약 당문삼독과 정결사태가 있었다면 고개를 끄덕이며 그녀의 말에 찬성했으리라.

하지만 삼 조 인물들은 아니었다.

정영은 몰라도 다른 자들은 송연화와 생각이 달랐다. 이강, 임윤, 편복선생은 이미 흑랑성 잠행을 한 경험이 있으니 말할 필요도 없었다. 그들은 아무도 송연화의 말에 찬성하지 않고 묵묵부답이었다.

마지막 남은 자, 무명이 말했다.

"충분히 가능하오."

"그런 말도 안 되는……."

"주작호에서 금위군도 삽시간에 감염되어 망자 떼가 되었소. 혈선충 단지에 대해 미리 알고 있다면 모를까, 정보가 없는 자들에게 몰래 혈선충을 풀어놓는다면 감염이 퍼지는 것은 시간문제요."

그 말에 송연화도 더는 반박하지 못하고 침음했다. 주작호의 금위군 망자 사태는 그녀도 이미 경험한 일이었기 때문이다.

그런데 이어지는 무명의 말이 이상했다.

"망자 감염은 무공 고수나 군기가 삼엄한 군대라고 해도 쉽게 막을 수 있는 게 아니오. 문제는 숫자요."

"숫자? 십칠과 이십삼 말인가요?"

"그렇소. 십칠, 이십삼. 즉, 이런 상자가 최소한 이십삼 개 있다는 얘기요."

"그래서요?"

"아직도 모르겠소?

무명이 차갑게 가라앉은 목소리로 말했다.

"만련영생교가 준비한 상자는 수십 개, 아니, 백 개를 넘을지도 모르오. 그들은 혈선충 단지를 중원 문파가 아니라 천하 곳곳에 퍼뜨릴 계획이오."

만련영생교의 계획은 중원 천지에 혈선충을 퍼뜨리겠다는 것이었다.

무명이 이십삼(二十三)이라 적힌 상자를 가리키며 말했다.

"상자가 최소 이십삼 개 있을 거라고 했는데 그 말을 취소해야겠군. 광장에 있는 흑의인만도 족히 백여 명이 넘소. 서 상자는 마지막 번호가 아닐 것이오."

"……"

송연화를 포함한 일행은 입을 다문 채 침음했다.

사실 무명이 말 안 해도 잠깐만 생각해 보면 모두 알아차릴 수 있는 일이었다.

일련번호가 적힌 혈선충 단지를 등에 메고 이동하는 흑의인들. 그런 자들이 이미 개봉과 태안에 혈선충을 퍼뜨렸지 않은가?

하지만 직접 눈으로 목격하는 것은 차원이 달랐다.

무명이 싸늘한 목소리로 말을 이었다.

"흑의인들은 직접 목을 베고 혈선충을 넣었을 것이오."

임윤이 끼어들며 말했다.

"흑랑성에서도 그랬지. 망자한테 물어뜯긴 자들은 그때그때 다르지만, 목을 벤 단면이나 입속으로 혈선충을 넣은 놈들은 대개 명령자가 되더군."

"맞소. 흑의인들은 혈귀가 아니라 명령자일 가능성이 높소."

송연화가 목소리를 떨며 물었다.

"설마 시황을 제거해도 흑의인들은 계획대로 상자를 운반할 거란 말인가요?"

"그렇소."

무명이 고개를 끄덕였다.

일행은 다시 한번 충격에 휩싸였다.

시황을 제거하고 만련영생교를 멸문시키려고 하는 잠행조.

그러나 만련영생교의 음모는 치밀했다. 설령 시황이 죽더라도 만련영생교는 중원을 망자 판으로 만들 속셈이었던 것이다.

송연화가 검을 뽑으며 말했다.

"이럴 때가 아니에요. 당장 흑의인들을 죽이죠."

그녀가 평소와 달리 흥분한 모습을 보이자 정영이 끼어들며 말렸다.

"연화, 그만해. 망자 군대가 그들을 호위하고 있잖아?"

"개같은 자식들……."

송연화는 험한 말을 내뱉으며 분을 삼키다가 말을 이었다.

"저들이 명문정파에 함부로 발을 들이진 못해요. 중원 무림은 그리 호락호락하지 않아요."

"과연 그럴까?"

그녀의 말을 반박하고 나선 자는 이강이었다.

"소림사나 모용세가는 네년 말대로 한 발짝 들어가기 힘들겠지. 하지만 다른 데는 어떨까? 개방 거지 놈들은? 상인들이 허구한 날 드나드는 세가는? 상자 백 개 중에서 절반, 아니, 절반의 절반만 운반해도 중원은 금세 망자 떼로 뒤덮이지 않을까?"

"……."

이강의 목소리에 웃음기가 전혀 없었다.

일행은 침음했지만 머릿속에 떠오른 생각은 모두 같았다. 상자 백 개 중 절반의 절반? 아니, 단 하나만 열려도 망자는 순식간에 사람들을 감염시키리라!

이제 시황 제거는 문제가 아니었다.

만련영생교의 흑의인들이 절대 세상 밖으로 나가지 못하도록 막아야 한다.

송연화가 입술을 질끈 깨물며 말했다.

"당문이 지하 황궁이 아니라 여기 있어야 됐군요."

사천당문의 독공으로 망자 군대를 상대해야 됐었다는 말.

이강이 킬킬거리며 비꼬았다.

"처음부터 작전이 틀렸다는 걸 인정하는 거냐? 후후후."

"닥치세요. 우리라도 저들을 막아야 해요."

그런데 무명이 송연화의 말을 반박하는 것이었다.

"망자 군대는 수천 명이 넘소. 이 조가 여기 왔어도 저들을 일망타진하기는 불가능하오."

"그렇다고 구경만 하고 있을 수는 없잖아요?"

"아니. 우리 삼 조는 별동대요. 별동대는 이런 때를 위해 존재하오."

일행이 서로 시선을 교환했다. 무명에게 어떤 심계가 있는 것 같았기 때문이다.

송연화가 물었다.

"좋은 방법이라도 있나요?"

"지금 삼 조가 할 일은 하나요. 지하 도시를 나가는 출구를 막는 것."

편복선생이 공중을 날던 박쥐를 소매 위에 앉히며 말했다.

"출구를 막아버리면 흑의인들이 상자를 중원에 퍼뜨릴 염려가 없어지는 셈이군."

"바로 그렇소."

일행은 고개를 끄덕이며 수긍했다. 무명의 심계는 막상 들어보자 헛웃음이 나올 만큼 간단한 것이었다. 흑의인들을 막을 수 없다면 아예 그들이 밖으로 나가지 못하도록 만들면 되는 것 아닌가.

하지만 정영은 의문이 있는지 고개를 갸웃거렸다.

"지하 도시의 출입구는 한두 개가 아니지 않소? 삼 조 힘으로 모두 막기는 힘드오."

그런데 무명의 대답이 뜻밖이었다.

"어쩌면 한 곳만 막으면 될지 모르오."

"거기가 어디요?"

"나도 모르오."

"뭐라고?"

정영이 어이가 없는지 멍하니 무명을 쳐다봤다.

무명은 개의치 않고 말을 계속했다.

"내가 알아낸 지하 도시의 출구는 모두 네 곳이오. 그중 하나는 불가의 방."

그 말에 임윤이 쓴웃음을 지으며 말했다.

"우리가 길을 뚫었는데 다시 길을 막아야 되게 생겼군."

"아니. 망자들은 불가의 방으로 나갈 수 없소."

"뭐라고? 왜?"

"불가의 방은 구멍으로 뛰어내리면 검은 천이 사람을 받아서 미끄러뜨리는 구조요. 수천 명의 군대가 날붙이 병장기를 들고 뛰어내린다? 십여 명 나가기 전에 천이 찢어질 것이오. 상자를 멘 흑의인들 백 명도 마찬가지요."

무명의 말은 논리정연해서 반박할 곳이 없었다.

"둘째 출구는 황궁 수복화원으로 이어지는 우물이오."

이번에는 송연화가 눈썹을 찡그리며 말했다.

"거기 돌계단은 수천 명이 지나가도 끄떡없을 거예요."

"맞는 말이오. 하지만 수복화원 통로도 망자들이 지나갈 수 없소."

"그건 또 왜죠?"

"도중에 한빙석 방이 곳곳에 위치하여 망자들을 막고 있지 않소?"

"아아……."

송연화가 신음을 흘리며 감탄했다. 그랬다. 한빙석 방이 끊임없이 나오는 통로는 추위에 약한 망자들이 대규모로 움직이기에는 부적합했다.

"셋째 출구는 이번 잠행을 시작한 곳인데 역시 망자들이 나가기는 힘들 것이오."

이번에는 아무도 이유를 묻지 않았다.

묘지의 석관으로 이어지는 통로는 천 길 낭떠러지인 절벽이다.

수천 명의 군대가 병장기와 짐을 지고 깎아지른 잔도를 기어 올라간다? 위에서 폭뢰 하나만 터뜨려도 간단히 군대를 막을 수 있으리라. 망자들이 선택할 출구로는 불합격이었다.

"넷째 출구는 내원으로 연결되는 팔 층 전각이오."

"거기로도 못 나가요. 상황이 나빠지면 당문삼독이 폭뢰를 터뜨려서 팔 층 전각을 불태울 거니까요."

그러자 이강이 박수를 짝짝짝 치며 말했다.

"아주 좋은 방법이군. 한데 나 나갈 때까지 기다렸다가 폭파하라고. 망자들과 함께 생매장되고 싶지는 않으니까."

"집어치우시지."

송연화가 일언지하에 이강의 말을 잘랐다.

편복선생이 손가락을 하나둘 접어보더니 물었다.

"네 군데 모두 망자가 못 나가는군. 그럼 아무 문제 없지 않은가?"

"실은 내가 모르는 출구가 하나 있소."

무명이 살짝 양미간을 구기며 말했다.

"지하 도시의 지도에 황궁 밖으로 이어지는 통로가 하나 더 있었소. 아쉽게도 그곳 위치는 전혀 짐작을 못 하겠소."

"흐음……."

편복선생도 깊이 한숨을 쉬며 팔짱을 끼었다.

무명이 암기한 지하 도시의 지도, 즉 책가도에는 천공개물이란 서책이 가리키는 출구가 있으리라 짐작되었다. 하지만 천공개물 출구는 잠행조와 동떨어진 곳에 있었기 때문에 위치를 예측할 수 없었던 것이다.

"그곳을 찾아서 막는 게 삼 조의 새 임무인 셈이오."

"……"

무명의 말에 모두가 침음했다.

그러자 이강이 어느새 무명의 생각을 읽었는지 말했다.

"뭐가 걱정이지? 흑의인들 뒤를 쫓다가 출구를 발견하면 앞질러 가서 폭파하면 그만 아니냐?"

그 말에 모두 정곡을 찔렸는지 헛웃음을 터뜨렸다.

"그 생각은 미처 못 했군요."

자존심 강한 송연화가 이강을 보며 고개를 끄덕였다. 이강은 그녀의 생각을 읽었는지 씨익 웃었다.

송연화가 일행을 한 명씩 돌아보며 말했다.

"기상천외한 길잡이, 검법이 전광석화인 살수 둘, 심계가 뛰어난 조장까지. 그래요, 우리 삼 조가 놈들이 나갈 구멍을 틀어막아 버리죠."

그녀가 지칭한 자는 편복선생, 정영과 임윤, 무명이리라.

이강이 검지로 자신을 가리켰다.

"나랑 네년이 빠졌군. 우리 둘은 애물단지냐?"

"애물단지? 천만에."

송연화가 두 눈을 반짝 빛내며 대답했다.

"우리는 행동 대장이에요. 망자 떼가 길을 막으면 몽땅 쓸어버리는 행동 대장."

"그 말 마음에 드는군, 후후후."

편복선생이 휴식을 끝낸 박쥐를 다시 공중으로 날려 보냈다. 그리고 광장에 직통으로 이어지는 계단 말고 몸을 숨긴 채 접근할 수 있는 통로를 찾기 시작했다.

곧 그가 말했다.

"이쪽이네."

삼 조는 결의에 찬 얼굴을 하고 동혈 속으로 들어갔다.

그런데 삼 조가 잠행을 재개하고 잠시 후, 통로 모퉁이의 어둠에서 그림자 하나가 나타났다.

스윽.

그때는 삼 조가 이미 자리를 뜬 지 오래라 어디로 향했는지 알아낼 방법이 없었다.

하지만 그림자는 몇 갈래로 나뉘는 동혈 중에서 삼 조가 들어간 곳을 정확히 골라내 발을 옮겼다.

저벅, 저벅, 저벅…….

조금도 서두르지 않는 발걸음.

그림자가 삼 조의 기척을 읽고 있다는 증거였다.

어둠 속에 숨어서 망자들이 지나가기를 기다리던 소림

승들.

그런데 망자 중에 만련영생교의 호법인 광명좌사가 있었다. 금위군 복장을 하고 망자 무리에 섞여 있던 그는 무슨 수법을 썼는지 소림승들의 존재를 눈치챘던 것이다.

"흑랑비서의 부적을 쓰는가? 눈속임은 이제 끝이다."

진문은 양미간을 구겼다.

대체 어떻게 산 자의 기척을 알아냈을까?

의문을 품을 겨를은 없었다. 망자들이 괴성을 토하며 덤벼들었다.

키에에엑!

망자 두 명이 방천극을 앞으로 내질렀다.

쉬익! 두 개의 방천극이 각각 소림승 한 명씩을 노리고 날아들었다.

하지만 방천극은 소림승들의 옷자락 하나 건드리지 못했다.

창날과 도끼가 함께 붙어 있는 방천극은 보통 창보다 무겁기 때문에 기마병이라면 모를까 보병이 써서는 제 위력을 발휘할 수 없다. 또한 좁은 동혈에서는 방천극을 크게 휘두를 수 없어서 위력이 더욱 반감되었다.

소림승들은 가볍게 보법을 밟아 방천극을 피했다.

이어서 동작을 멈추지 않고 몸을 빙글 돌리며 항마도를 내려쳤다.

퍽퍽!

항마도가 기세 좋게 선공에 나선 망자 둘의 목을 베었다.

목이 떨어졌지만 두 망자의 몸뚱이는 계속해서 움직이며 방천극을 휘둘렀다. 부웅부웅! 그러나 망자 몸뚱이의 어설픈 공격에 당할 소림승들이 아니었다. 소림승 한 명은 망자를 발을 뻗었고, 한 명은 바닥을 차며 망자에게 달려들었다.

소림승이 망자에게 발을 뻗어 세 번의 각법을 퍼부었다.

퍼퍼퍽!

절정의 경지에 오르면 순식간에 상대의 전신에 열여덟 번의 발차기를 먹인다는 관음십팔족(觀音十八足).

목을 잃은 망자에게는 세 번의 발차기로 충분했다. 소림승의 발이 낭심, 명치, 인중의 급소를 연이어 차자 망자는 몸뚱이를 앞뒤로 비틀거리다가 바닥에 나뒹굴었다.

망자를 향해 몸을 날린 소림승은 바닥을 강하게 발로 밟으며 착지했다.

떠엉!

돌바닥에 거미줄처럼 금이 갈 정도의 진각.

동시에 소림승이 어깨를 내밀며 몸통 박치기를 먹였다. 소림칠십이절예 중의 하나인 심의권(心意拳)이 폭발했다.

텅! 망자는 붕 떠서 맞은편의 돌벽까지 날아가 부딪히더니 통나무처럼 앞으로 쓰러졌다.

털퍼덕.

두 망자의 몸뚱이는 부들부들 떠는 것으로 보아 완전히 숨통이 끊어진 것은 아니었다. 하지만 내장이 터지는 충격을 받았기 때문에 좀처럼 일어서지 못했다.

동료가 실패하자 뒤를 이어 망자 셋이 달려들었다.

키에에에엑!

십팔나한의 막내 진명이 앞으로 나와 사형들을 도왔다.

소림승 셋과 금위군 망자 셋의 대결. 하지만 대결은 일합도 못 겨루고 싱겁게 끝났다. 항마도에 목인 베인 뒤 소림 무공에 두들겨 맞은 망자들은 비명도 못 지르고 쓰러져서 바닥을 뒹굴었다.

망자들이 모두 쓰러지자 남은 자는 광명좌사 하나였다.

진공이 항마도를 치켜들며 달려들었다.

"남은 자는 내가 해치우겠다."

진문이 깜짝 놀라 소리쳤다.

"조심해! 그는 네 적수가 아니……."

순간 광명좌사의 신형이 사라지더니 진공의 옆에서 나타나 방천극을 휘둘렀다.

창날과 도끼가 함께 붙어 있는 방천극.

무공을 모르는 자는 두 손으로 들기도 힘든 방천극이 비수처럼 빠르게 날아왔다.

부우웅!

좁은 동혈에서 방천극을 휘두르면 긴 자루 탓에 돌벽에 날이 부딪치고 만다.

그러나 광명좌사가 팔을 기이하게 비틀자 창날과 도끼는 돌벽을 스치듯이 지나쳐서 진공의 정수리 위로 떨어지는 것이었다.

"......!"

만약 진공이 강호의 삼류 무사였다면 항마도로 방천극을 막으려 했으리라. 그리고 도끼날의 무게와 광명좌사의 내력이 실린 방천극이 진공의 어깻죽지에 꽂혔으리라.

하지만 진공은 엄연히 소림 십팔나한의 일원이었다.

방천극이 날아드는 찰나 그는 억지로 막지 않고 머리를 숙였다. 이어서 허리를 굽히면서 바닥을 데굴데굴 뒹굴었다.

꼴사나운 나려타곤의 수법.

그러나 체면 차릴 때가 아니었다. 목이 떨어지는 것보다 잠깐의 창피가 낫지 않은가.

목표를 잃은 방천극이 돌벽에 가서 박혔다. 퍽! 체면보다 실리를 선택한 진공은 간신히 방천극을 피할 수 있었다.

광명좌사가 빙그레 미소 지으며 말했다.

"천하 무공은 모두 소림에서 나왔다더니 과연 허명이 아니었군."

진공의 나려타곤을 비웃는 말.

"네놈이 감히 소림사를 업신여기는 것이냐!

진공이 버럭 화를 내며 외쳤다.

그러나 기세 좋게 소리친 그는 금세 침을 꿀꺽 삼킬 수밖에 없었다. 광명좌사가 돌벽에 깊숙이 박힌 방천극을 무에 꽂힌 칼처럼 손쉽게 뽑아 들었던 것이다.

팍, 쑤욱.

"죽어라."

광명좌사가 이차로 방천극을 휘둘렀다.

이번에는 등을 돌벽에 기댄 자세라서 방천극을 피할 공간이 없었다.

방천극이 진공의 항마도 위에 떨어지는 찰나, 진문이 옆에서 달려들어 함께 방천극을 막았다.

두 자루의 항마도가 방천극을 받아내는 순간 굉음이 터졌다.

쩌어엉!

"크윽!"

진문과 진공은 하마터면 항마도를 놓칠 뻔했다. 수백 근이 넘는 바위가 양어깨를 짓누르는 듯한 압력을 느꼈기 때문이다.

일초를 출수할 때마다 엄청난 내력을 싣는 광명좌사. 하지만 그의 목소리는 가볍게 비무를 하는 것처럼 태연자약했다.

"네가 수장이렷다?"

그가 방천극을 뒤로 빼더니 진문을 향해 찔렀다. 진문이 항마도를 들고 창날을 막았다.

그런데 방천극이 소용돌이처럼 빠르게 회전하는 것이 아

닌가?

휘리리릭!

강호 경험이 풍부한 진문은 위기를 직감했다.

그는 항마도를 후려치는 동시에 옆으로 몸을 던져 방천극을 피했다.

빙글빙글 회전하는 도끼날에 부딪치자 항마도는 강맹한 힘을 이기지 못하고 튕겨 나갔다. 쩌엉! 그야말로 산을 뒤엎는 힘. 진문은 엄지와 검지 사이가 찢어지는 바람에 항마도를 놓치고 말았다.

반면 몸을 던진 덕분에 광명좌사의 일초는 피할 수 있었다.

"……."

진문은 침을 꿀꺽 삼키며 안도했다.

만약 정면 대결을 펼쳤다면 방천극의 창날은 항마도를 밀어낸 다음 진문의 뱃가죽을 뚫고 창자를 파헤쳤으리라. 진문의 등줄기에 식은땀이 한 줄기 흘러내렸다.

진문과 진공이 광명좌사를 당해내지 못하자 나머지 네 명의 소림승들이 합세했다.

"하아아압!"

네 자루의 항마도가 광명좌사를 사정없이 내려쳤다.

그러나 광명좌사는 무거운 방천극을 이리저리 움직여서 항마도의 검로를 모두 막아냈다.

채채채챙!

가볍게 공세를 막은 그가 역습에 나섰다.

순간 방천극이 네 개로 나뉘어져서 소림승들의 정수리를 노렸다. 부우우웅! 광명좌사의 수법은 환술이 아니었다. 단지 그가 방천극을 찌르는 속도가 너무 빨라서 네 개의 잔상이 보였던 것이다.

그때 진문이 외쳤다.

"나한진을 펼쳐라!"

그의 명령이 떨어지기 무섭게 세 명의 소림승들이 횡대로 늘어섰다.

소림승 셋이 항마도를 치켜들어 방천극을 막았다. 네 명으로도 제압하지 못한 광명좌사를 셋으로 이길 리는 없다. 방천극이 항마도 세 자루를 모조리 튕겨낸 다음 가운데에 선 소림승을 향해 떨어졌다.

그때 소림승들의 옆구리에서 검광이 번쩍이며 두 자루의 항마도가 튀어나오는 것이 아닌가?

스팟!

광명좌사의 양미간이 심하게 일그러졌다.

그대로 방천극을 휘두르면 소림승 하나의 정수리를 쪼갤 수는 있을 것이다. 하지만 광명좌사 역시 항마도에 몸이 꿰이고 말리라.

그가 방천극을 회수하여 검격을 막았다.

채챙!

소림승들 사이로 항마도를 찌른 자는 바로 진공과 진명이었다.

세 명이 횡대로 서서 적의 공세를 막으면 뒤에 위치한 두 명은 적의 약점을 찾아 항마도나 장봉을 찔러서 급습한다. 무공 수위가 현저히 차이 나는 고수를 상대할 때 적합한 진영.

하지만 광명좌사도 만만하지 않았다.

"이게 말로만 듣던 소림사의 나한진인가?"

그가 발로 땅을 차며 맨 왼쪽에 선 소림승의 옆으로 몸을 날렸다.

"약점투성이로군."

부웅! 방천극이 소림승의 옆구리를 노리고 파고들었다.

광명좌사가 보기에 소림승들의 진영은 좌우로 돌아 측면에서 공격할 때 마땅히 대처할 방법이 없다는 게 문제였다. 그는 한눈에 진영의 약점을 파악한 것이었다.

그러나 나한진의 약점을 찾았다고 생각한 것은 착각에 불과했다.

광명좌사가 옆으로 도는 찰나, 소림승들의 등 뒤에서 그림자 하나가 불쑥 튀어나와 그의 정수리로 항마도를 찔렀던 것이다.

스팟!

그림자는 바로 진문이었다.

지금 나한진의 특징은 다섯 명이 공수를 맡을 때 마지막 한 명은 후미에서 자유롭게 움직인다는 것이었다. 측면 공격에 치명적인 약점을 안고 있는 진영. 그러나 후미에 선 자가 옆으로 나와 적을 상대한다면?

나한진을 명령한 진문은 바닥에 떨어뜨린 항마도를 집어든 뒤 진영의 뒤에서 광명좌사의 움직임을 살폈다. 그러다가 그가 옆으로 몸을 날릴 때 왼쪽으로 돌아 나와 회심의 일격을 날렸던 것이다.

광명좌사는 할 수 없이 방천극을 돌려 진문의 검격을 막았다.

쩌어엉!

과거 강호에 위명을 떨치던 소림사의 나한진(羅漢陳)이 오랜만에 세상에 등장한 순간.

나한진은 원래 백팔 명이 펼치는 거대한 진법이다. 하지만 대인원을 동원하기 힘들 때는 열여덟 명의 십팔나한이 나한진을 펼친다. 전자가 대(大)나한진, 후자가 소(小)나한진이다.

지금 소림승들은 모두 여섯 명.

광명좌사는 얇은 전음을 읽고 소림승들의 존재를 알아차렸다. 그의 내공 수위가 최소한 소림 방장급, 또는 그 이상이 될지도 모른다는 뜻이다.

나한진은 수많은 변형이 있다. 여섯 명이 하나의 호흡으로 움직이지 못하면 그냥 싸우는 것만 못할 정도로 변화가 심한 진법인 것이다.

그러나 지금 여섯 소림승들은 한 몸처럼 움직였으니…….

때문에 십팔 명의 삼분지 일이 펼치는 나한진의 위력이 광명좌사에 대항해서 조금도 밀리지 않았던 것이다.

광명좌사가 나직하게 중얼거렸다.

"천하공부출소림(天下功夫出少林). 과연 허명이 아니군."

싸움을 시작하면서 그가 비웃었던 말.

하지만 지금 말은 조롱이 아니었다. 그의 목소리에 소림사 무공에 대해 진심으로 경탄하는 동시에 분노하는 감정이 뒤섞여 있었다.

척!

여섯 명의 십팔나한 소림승이 광명좌사를 정면으로 보며 나한진을 갖췄다.

진영의 후미에 있는 진문이 입을 열었다.

"묻겠다. 만련영생교는 대체 어떤 곳이냐? 당신은 무엇을 위해 싸우는 거냐?"

광명좌사가 태연히 방천극을 어깨에 기대며 말했다.

"딱히 대답할 말을 모르겠군."

"망자를 조종해서 사람들을 해치는 자가 대답을 모르겠다고?"

"사람을 해친다고? 누가? 어느 쪽이?"

광명좌사가 어깨를 으쓱거리며 되물었다.

"소림사는? 무림맹은? 너희도 명문정파의 이름하에 숱한 사람들을 죽였을 텐데?"

"명문정파는 악인들만 처단할 뿐 악한 일에 무공을 쓰지 않는다."

"금시초문이로군."

그가 목이 떨어진 채 바닥을 뒹굴며 꿈틀거리는 망자들을 가리켰다.

"그럼 저들이 생전에 선인이었다면 목을 베지 않았을 거냐?"

성정 급한 진공이 끼어들며 말했다.

"망자가 된 이상 생전 일은 상관없지 않느냐!"

"아니. 저들은 생전에 무림맹 때문에 목숨을 잃고 망자가 되었다. 그런데 너희가 재차 목을 베었으니, 무림맹이 저들을 두 번 죽인 셈이지."

"그런 말도 안 되는……."

"너희가 감히 저들을 비난할 자격이 있을까?"

전혀 예상치 못한 광명좌사의 발언에 진공을 포함한 소림 승들은 할 말을 잃고 침묵했다.

광명좌사가 어두운 동혈 속을 향해 크게 소리쳤다.

"식사 시간이다! 모두 오너라!"

키이이익!

동혈 속에서 망자 떼가 미친 듯이 뛰어나와 소림승들에게 달려들었다.

그런데 일 조 소림승들이 망자 떼와 사투를 벌이기 직전, 어두운 동혈 속을 소리 없이 달리는 그림자가 있었다.

그림자는 다름 아닌 소림 방장 무혜였다.

실은 광명좌사가 나타났을 때 소림 방장은 혼자 어둠 속으로 들어가 무리에서 떨어졌다. 그리고 광명좌사가 나타난 동혈을 거꾸로 되짚어가기 시작했다.

만련영생교의 호법이 있던 곳에 시황이 있으리라.

소림승들이 광명좌사를 상대하며 시간을 버는 동안 그는 혼자서 시황을 제거하기 위해 잠행에 나선 것이다.

'아미타불.'

그는 반장을 하며 소림승들의 무사를 빌었다.

동시에 바람처럼 어둠 속을 내달렸다.

우르르!

담벼락을 무너뜨리며 나타난 광명우사가 정결사태의 어깻죽지를 틀어쥐었다.

콰드득!

거대한 손아귀가 살과 근육을 쥐어짜자 뼈마디가 어긋나는 소리가 들렸다.

정결사태는 검을 뽑으려고 손을 뻗었다. 하지만 광명우사가 하필 오른 어깨를 붙잡았기 때문에 그녀의 오른손은 버둥거리기만 할 뿐 검집까지 닿지 못했다.

왼손으로는 왼쪽 허리춤에 찬 검을 뽑는 게 부자연스럽다.

그러나 아미파의 원로급 고수는 위기의 순간 임기응변의 수법을 발휘했다.

"하아앗!"

정결사태가 검 자루에다 왼손 엄지를 튕기자 검이 용수철처럼 검집에서 튕겨 나왔다.

스르릉!

탄지공을 응용한 수법으로 검을 뽑은 정결사태가 허공에 떠오른 검을 잡아챘다.

하지만 광명우사가 팔을 길게 뻗자 등 뒤에 있는 그를 찌를 수 있는 거리가 나오지 않았다.

순간 정결사태의 왼팔이 기이하게 비틀렸다.

우두두둑!

그녀의 왼팔이 골절되지 않는 이상 절대 불가능한 각도로 꺾이면서 등 뒤로 검격을 날렸다. 아미파의 비전 신공인 절수구식(截手九式)을 응용한 수법.

수박만큼 커다란 광명우사의 손에 검광이 번쩍였다.

피이이잉!

검광이 사라지자 광명우사의 손목이 그대로 절단되어 떨어졌다. 툭.

꼼짝없이 살점이 뜯길 위기에 처했던 정결사태.

하지만 아미파의 변화무쌍한 검법은 패도적인 힘을 앞세운 광명우사의 공세를 막아내고 역습을 성공시킨 것이었다. 변화무쌍하기로는 창천칠조에서 제일가던 남궁유의 스승다운 솜씨였다.

정결사태가 몸을 돌리며 말했다.

"네놈이 만련영생교의 호법이냐?"

"…그렇다."

"호법이면 주인이나 지킬 일이지 제 발로 황천길로 들어왔구나."

일합 대결에서 승리한 정결사태의 목소리는 여유롭고 호방했다.

그런데 광명우사는 손목이 잘리는 중상을 입었는데도 불구하고 피식 미소를 짓는 것이었다.

"네놈들을 없애는 것이 곧 시황 폐하를 지키는 일이다."

"폐하라고? 구족을 멸할 두려움을 모르는 자로군."

폐하는 황제를 칭하는 말이니, 다른 사람에게 쓰면 구족을 멸할 대역죄를 지은 셈이다.

하지만 정결사태의 말은 광명우사에게 전혀 위협이 되지 않았다.

"구족? 나는 망자다. 이미 한번 죽은 몸인데 구족이 죽든 말든 알 게 뭐냐?"

"……."

정결사태는 실언을 깨닫고 침음했다.

그때 광명우사가 검지를 들어 그녀의 뒤를 가리켰다.

"구족을 걱정할 때가 아니다. 네놈들의 목숨은 곧 끝날 테니까."

"훗! 누구 앞에서 어설픈 속임수를……."

정결사태는 고개를 돌리지 않고 광명우사를 비웃었다. 그러나 그의 손짓은 시선을 돌리려는 수작이 아니라 진짜였다.

키에에엑!

지하 황궁의 골목에서 수백 명이 넘는 망자들이 나타났다.

정결사태 일행은 어느새 망자 떼에게 포위된 것이었다.

건물과 화원이 미로처럼 복잡하게 얽혀 있는 지하 황궁.

그곳의 골목 틈새가 어디선가 나타난 망자들로 이미 꽉 차 있었다.

키이이익…….

망자들은 생전에 황궁 사람이었는지 예복과 관복을 걸치고 있었다. 비빈, 환관, 금위군… 마치 수백 년간 죽은 황궁 사람들이 죄다 망자가 되어 모여 있는 것 같았다.

장청이 다급한 목소리로 말했다.

"큰일이군요. 빨리 피신해야 됩니다."

정결사태가 피식 웃음을 터뜨리며 반문했다.

"피신? 망자에게 포위되는 것은 잠행하기 전에 이미 각오했던 일 아니냐?"

"……."

"무서우면 뒤로 물러나 있어라. 저 괴물은 내가 처치할 테 니까."

그녀 말이 반박할 여지가 없어서 장청은 입을 다물었다.

그때 무엇을 봤는지 장청이 두 눈을 크게 떴다.

"저, 저기……."

"흥! 후기지수들이 약해 빠졌으니 무림맹도 세가 다한 모양 이군."

정결사태가 코웃음을 치며 고개를 돌렸다.

순간 여유를 잃지 않던 그녀마저 두 눈이 크게 휘둥그레졌 다.

절수구식의 수법을 응용해서 일검에 베어버린 광명우사의 손목이 손가락 다섯 개를 교대로 폈다 오므렸다 하면서 바닥 을 기어 오는 것이 아닌가!

마치 먹이를 발견한 바닷게가 질주하는 듯한 모습.

입이 딱 벌어지는 기이한 장면은 그것으로 끝이 아니었다.

휙. 손목이 손가락을 펼치며 몸을 뒤집었다. 순간 검에 베 인 단면에서 굵은 혈선충 다발이 뿜어져 나왔다.

좌라라락!

혈선충 나발이 정결사태의 팔을 빙빙 휘감았다.

이어서 혈선충이 줄을 튕기는 것처럼 반동을 줘서 손목을 공중으로 날려 보냈다.

부웅!

거대한 손바닥이 활짝 펼쳐지며 정결사태의 얼굴을 덮쳤다. 그녀가 고개를 돌려서 피했지만 고무줄처럼 줄어드는 혈선충 다발의 힘이 손바닥을 더욱 빠르게 끌어당겼다.

콰악! 손바닥이 정결사태의 목을 틀어쥐었다.

굵직한 손가락들이 목을 조르기 시작하자 그녀의 얼굴이 시뻘겋게 달아오르며 목 주위에서 푸른 혈관이 솟아올랐다.

"크윽……!"

정결사태가 비틀거리며 신음을 흘렸다.

아미파는 변화무쌍한 검법으로 유명하지만 몸과 몸을 부딪치며 싸우는 금나수 수법 역시 비전 무공 중에 존재했다. 정결사태 수준의 고수가 검법 말고 다른 무공을 모를 리 없었다.

그러나 잘린 손목이 살아 움직이며 덤빈다는 것을 누가 상상이나 했겠는가?

실로 괴이하기 짝이 없는 수법.

광명우사가 광소를 터뜨렸다.

"후하하하! 무림맹의 고수도 별것 아니구나……."

그런데 그는 중간에 웃음을 멈추고 말을 삼켜야 했다. 정결사태의 옆에서 그림자 하나가 스윽 나타나더니 잘린 손목의 단면에서 나온 혈선충을 검으로 베어버린 것이었다.

뭉턱!

굵은 혈선충 다발이 채소 자른 것처럼 토막 나자 정결사태의 목을 틀어쥔 손아귀가 일순 힘이 풀렸다.

정결사태가 그 틈을 놓치지 않고 발을 수직으로 뻗어 손목을 차버렸다.

퍽!

손목이 빙글빙글 돌면서 공중을 날았다.

위기를 벗어난 정결사태가 고개를 돌리며 말했다.

"고맙다……?"

그런데 그녀가 양미간을 구기며 말을 삼켰다. 정결사태가 위기에 처하자 전광석화처럼 달려들어서 검을 쓴 자는 장청도 당호도 아닌 제갈세가의 무사였던 것이다.

그가 말없이 뒤쪽을 향해 눈빛을 보냈다.

아직 안 끝났다는 뜻.

정결사태가 시선을 돌리자 또 한 번 경악할 장면이 눈앞에서 펼쳐지고 있었다.

광명우사가 왼손을 뻗어 공중을 날던 손목을 낚아챘다. 탁! 이어서 손목을 오른팔의 단면에 갖다 댔다. 그러자 팔에서 혈선충들이 빠져나와 잘린 손목과 팔을 연결하기 시작했다.

꾸물꾸물꾸물…….

곧 광명우사가 팔을 빙빙 돌리며 말했다.

"좀 뻐근하군."

"……."

정결사태를 포함한 이 조 일행은 침을 삼키며 침음했다.

망자는 혈선충의 심맥을 가르지 않는 한 목이 베여도 당장 죽지 않는다는 사실은 익히 알고 있었다. 그러나 광명우사처럼 잘린 신체를 이용해서 공격하리라고는 꿈에도 몰랐던 것이다.

지금까지 한마디 말도 없었던 무사가 입을 열었다.

"사태, 상황이 안 좋습니다. 일단 후퇴해서 당문삼독과 합류하시죠."

평소라면 아미파의 원로급인 정결사태는 일개 무사의 말은 들은 척도 하지 않았으리라.

하지만 방금 위기에 빠진 자신을 도운 자를 무시할 수는 없었다. 게다가 초식은 단순했으나 표홀한 검법으로 볼 때 무사는 일개 병졸이 아니라 제갈성이 아끼는 수하인 듯했다.

정결사태가 고개를 끄덕이며 대답했다.

"…좋다. 그렇게 하지."

그러나 때는 이미 늦어 있었다.

정결사태가 광명우사와 일합을 겨루는 중에 건물 사이에서 나온 망자들이 벌써 이 조를 빙 둘러쌌던 것이다.

장청이 침을 꿀꺽 삼키며 말했다.

"한발 늦었군요."

그 말을 듣고 정결사태는 쓴웃음을 지었다.

명색이 무림맹의 후기지수인데 제갈성이 부리는 무사보다

담력이 약하다니…….

그때 망자 무리가 좌우로 갈라지며 길을 만들었다. 이어서 망자 환관 여섯 명이 어깨에 무언가를 짊어지고 걸어 나왔다.

그들이 가져온 짐은 거대한 도(刀)였다.

광명우사가 한 손으로 자루를 쥐고 도를 번쩍 들어 올렸다. 길이는 최소 칠 척, 검날의 폭은 일 척 이상. 거대한 철판이 허공이 수직으로 우뚝 섰다.

그가 도의 방향을 돌려 이 조 일행을 가리켰다.

"오랫동안 굶주렸겠다? 모두 배를 채워라!"

앞에는 광명우사, 사방에는 망자들.

정결사태, 장청, 당호, 무사는 누가 시키지도 않았는데 서로 등을 맞대며 검을 뽑았다.

동서남북 네 방위를 모두 상대할 수 있는 진법.

하지만 이런 진법을 선택했다는 것 자체가 문제였다. 적에게 포위되어 활로를 찾지 못할 때가 아니면 좀처럼 쓸 필요가 없는 진법이니까…….

키에에에엑!

망자들이 괴성을 지르며 달려들었다.

그때였다.

사방에서 몰려드는 망자 무리의 맨 앞 열이 무언가에 발이 걸려 넘어졌다.

콰당탕!

뒤에서 달려오는 망자가 앞에 동료가 넘어진 걸 모르고 무작정 달리다가 발에 걸려서 다시 넘어졌다. 계속해서 혼백 없는 혈귀들은 쓰러진 동료들을 밟고 넘어가다가 쓰러지기를 반복했다.

지하 광장의 공터는 순식간에 뒤얽힌 망자들로 아수라장이 되었다.

당호가 고개를 들어 높은 담벼락을 보며 소리쳤다.

"고모님!"

담벼락 위에는 어느새 왔는지 당문삼독이 우뚝 서서 아래를 내려다보고 있는 것이었다.

망자들을 쓰러뜨린 것은 소극상과 당백기가 발사한 지주사전이었다. 둘은 망자들이 달리는 방향으로 지주사전을 쏘아서 발목에 사슬이 걸리도록 만든 것이다.

당청이 도도하게 말했다.

"정결사태, 늦어서 미안하오."

"당문이 독공은 대단하지만 시간 약속은 못 지키는군."

정결사태가 피식 웃으며 대답했다.

당문삼독이 도착하자 이 조 일행은 여유를 되찾았다.

하지만 상황이 종결된 것은 아니었다. 당백기가 지주사전을 쏘아 사슬로 망자들의 움직임을 막으며 소리쳤다.

"이쪽으로!"

정결사태, 장청, 당호, 무사는 당문삼독이 뚫은 활로를 향해 몸을 날렸다.

지하 도시의 지도에는 황궁 밖으로 이어지는 통로가 하나
더 존재한다.

무명은 그 예측을 바탕으로 삼 조의 작전을 변경했다. 만련
영생교 혹의인들이 지상으로 나가지 못하도록 마지막 출구를
폭파하는 것이었다.

편복선생이 박쥐를 날려서 길을 찾았다.

"이쪽으로."

삼 조는 그의 인도에 따라 복잡하게 얽힌 동혈 속을 이동
했다.

어느새 차 한 잔 마실 시간이 흘렀다.

편복선생이 걸음을 멈추더니 말했다.

"찾았네. 망자들이 일렬로 통로 속을 지나고 있군."

삼 조 일행은 서로 시선을 교환했다.

제갈세가의 부적은 망자에게 들키지 않는 데 필수였으나
정작 잠행에서는 편복선생의 도술이 더욱 도움이 되고 있었
다. 아무리 은신이 중요해도 길을 찾지 못하고 헤맨다면 아무
쓸모가 없지 않은가?

특히 창천칠조 정영과 송연화는 속으로 감탄할 수밖에 없
었다.

이런 도사를 대체 어디서 찾은 거지?

"잠깐 기다리게. 망자들을 앞질러서 일호를 보낼 테니까."

그는 여전히 박쥐더러 일호라고 호칭했지만 이제 아무도 비웃지 않았다.

편복선생이 집중을 하는지 두 눈을 지그시 감았다.

"훔치훔치……."

살짝 벌어진 입술 사이로 괴이한 주문이 흘러나왔다.

곧 그가 두 눈을 번쩍 뜨며 말했다.

"이상하군. 망자들이 가던 길을 멈추고 땅을 파고 있네."

임윤이 양미간을 찡그리며 되물었다.

"땅을 판다고? 왜?"

"그걸 내가 어찌 알겠는가? 병장기는 내려놓고 삽과 곡괭이를 들고 땅을 파는군."

"설마 굴을 파고 나가려는 건 아니겠지?"

"그럴 리는 없네. 잠깐… 망자들이 땅을 판 곳에다 뭔가를 묻는데… 에취!"

갑자기 편복선생이 크게 재채기를 했다.

순간 무명이 끼어들며 말했다.

"당장 박쥐와 정신 연결을 끊으시오."

"그게 무슨 말인가? 일호와 나는 지금 한 몸과 같아서… 으아아악!"

편복선생이 비명을 지르더니 두 손을 들어 귀를 막았다. 그러고도 모자라 몸을 비틀거리다가 돌벽에 부딪쳤다.

일행은 영문을 몰라서 멍하니 그를 쳐다봤다. 오직 무명만이 편복선생이 정체불명의 충격을 받으리라고 짐작했는지 달려들어서 그를 부축하는 것이었다.

잠시 후, 편복선생이 정신을 차린 것 같자 무명이 물었다.

"폭뢰가 터졌소?"

"…자네가 그걸 어찌 아는가?"

"예측이 늦어서 미안하오. 박쥐를 빨리 불러들였어야 했소."

"자네 말이 백번 옳았네……"

무명이 일행을 보며 말했다.

"박쥐와 혼백이 연결된 선생이 재채기를 했소. 박쥐가 한기를 느꼈다는 증거요."

눈치 빠른 이강이 끼어들며 말했다.

"한빙석 벽이군."

"그렇소."

무명이 편복선생을 부축한 채로 전후 사정을 설명했다.

지하 도시는 곳곳에 한빙석 방이 존재해서 망자들의 이동을 막고 있었다. 적은 수의 인원이라면 복잡하게 얽힌 동혈을 돌고 돌아서 밖으로 나갈 수 있으리라. 하지만 수천 명의 군대가 이동하기에는 시간 낭비다.

"망자들이 땅을 판 곳에 묻은 것은 벽력당의 폭뢰였을 것이오."

시황은 이미 주작호에서 태자를 처치하고 화산파가 모은

폭뢰를 접수하지 않았는가.

송연화가 두 눈을 동그랗게 뜨며 말했다.

"그럼 길을 열려고 한빙석 방을 폭파했다는 말인가요?"

"그렇소."

무명이 고개를 끄덕였다.

청각이 예민한 박쥐는 폭뢰가 터지는 굉음에 큰 충격을 받았을 것이다. 박쥐와 혼백이 연결된 편복선생이 귀를 막으며 혼비백산한 것도 당연한 일이었다.

일행은 잠시 입을 다문 채 침묵했다. 무명의 추리에 감탄하는 동시에, 망자들이 한빙석 방으로 만들어진 결계를 부수고 있다는 사실에 충격을 받은 것이었다.

편복선생이 몸을 추스렸는지 말했다.

"일호를 다시 보내겠네."

그는 다시 정신을 집중하며 주문을 외웠다.

일행은 긴장한 채 그가 눈을 뜨기만을 기다렸다.

제법 긴 시간이 흘렀다. 차 한 잔 마실 시간이 지났을 때 드디어 편복선생이 눈을 떴다.

"동혈이 끝나고 위로 난 돌계단이 나왔네. 일호를 끝까지 올려 보내겠네."

"아니. 이제 됐소."

무명이 고개를 저으며 말했다.

"박쥐가 너무 멀리 간 것은 아니오?"

"그렇긴 하네만."

"그럼 박쥐를 불러들이시오. 망자들이 한빙석 방을 폭파하면서까지 길을 열고 있는데 그 끝에 위로 향하는 계단이 있다? 지상으로 향하는 탈출로가 확실하오."

일행은 고개를 끄덕이며 무명의 말에 수긍했다.

그때 무명은 이미 다른 문제를 고민하는 중이었다.

책가도를 황궁이라고 볼 때 천공개물 서책은 책장의 맨 구석에 꽂혀 있어서 황궁 밖에 멀리 떨어진 곳이라 짐작되었다.

즉, 출구는 도성 어딘가에 있다는 뜻이다.

과연 거기가 어디일까?

문득 그럴듯한 생각이 떠올랐다.

무명이 누군가에게 고개를 돌리며 물었다.

"도성 지리에 대해 묻고 싶은 게 있소."

그가 질문을 던진 자는 하오문 문주 임윤이었다.

천공개물 서책이 위치하는 곳.

그곳에 지하 도시의 또 다른 출구가 있을 게 분명했다. 문제는 출구가 황궁 밖에서 멀리 떨어져 있으리라는 것이었다.

무명이 임윤을 보며 물었다.

"도성에 수천 명의 군대가 드나들 만큼 지하에 큰 구멍이 뚫린 곳이 있소? 공터나 건물은 물론 지하실도 좋소."

그 말에 송연화가 고개를 갸웃거리며 질문했다.

"탈출로가 꼭 큰 구멍일 리는 없잖아요?"

"아니. 나는 대인원이 통과할 수 있는 큰 출구가 있으리라 예상하오."

무명이 자신의 예측을 설명했다.

"지금까지 알아낸 출구 중에서 군대가 행군할 수 있는 곳은 지하 황궁의 팔 층 전각이 유일하오."

"그건 맞아요."

"불가의 방이나 석관 통로는 매우 비좁소. 절벽에 난 잔도는 비상구일 뿐 대인원이 통과하기에는 너무 위험하오."

"그럼 팔 층 전각 말고 큰 출구가 있을 거란 말인가요?"

"그렇소. 위치를 짐작컨대 우리가 들어온 묘지처럼 도성에서 멀리 떨어진 곳은 아니오. 필시 도성 안의 어딘가에 지하실을 위장한 출구가 있을 것이오."

일행은 그제야 무명이 무슨 생각을 하는지 깨달았다.

출구의 존재는 확인되었으니 이제 막는 일만 남았다. 하지만 그 전에 출구가 지상 밖의 어디로 통하는지 알아낸다면 일석이조가 아닌가?

게다가 하오문은 신분이 낮은 자들이 모인 방파이니, 숨겨진 건물이나 사람 발길이 뜸한 곳을 찾으려면 하오문 문주에게 묻는 것이 가장 빠르리라.

그러나 임윤의 말은 모두의 기대에서 어긋났다.

"글쎄. 딱히 생각나는 곳이 없군."

임윤이 어깨를 으쓱하며 대답했다.

"땅속으로 수상한 구멍이 난 곳이라면 보고를 들었을 텐데 그런 적은 없다. 그렇다고 내가 도성의 지하실을 몽땅 본 것도 아니고."

일행은 자연 기운이 빠졌다.

그때 이강이 뜻밖의 질문을 던졌다.

"새로 들어선 건물은 어떠냐?"

"새 건물?"

"그래. 원래 구멍이 난 곳에 새 건물이 지어지면서 출구를 막았을 수도 있지."

일행은 정신이 번쩍 들었다. 매번 비웃음만 흘리던 이강이 이번만큼은 정곡을 찔렀던 것이다.

하지만 임윤의 반응은 여전히 똑같았다.

"그래도 모르겠군. 도성은 황제가 새 황궁을 지을 때 건물이 많이 들어섰다. 그게 벌써 십여 년 전이니 내가 알 수야 없지."

무명이 이번에는 편복선생을 보며 물었다.

"선생은? 짐작 가는 곳이 없소?"

"나야 모르네. 혼인한 뒤로 함부로 집 밖에 나갔다간 큰일이 나서… 으흠!"

그는 헛기침을 하며 말을 삼켰는데, 이강과 임윤은 부인에게 꽉 잡혀 사는 공처가 편복선생이 떠올라서 피식 웃음을 흘렸다.

그때 잠자코 있던 자가 입을 열었다.

"건물이 증축된 곳은 어떻소?"

뜻밖에도 말을 꺼낸 자는 정영이었다.

"건물이 출구 위에 새로 지어진 게 아니라 계속 증축되면서 어느 순간 출구를 가렸을 수도 있지 않소?"

정영의 말이 일리가 있었다. 임윤이 고개를 끄덕이며 대답했다.

"계속 증축되는 건물이라. 그런 곳은 도성에 하나밖에 없다."

이어서 정영과 임윤이 동시에 그곳을 말했다.

"육룡채."

끊임없이 새 건물이 옆에 붙고 옥상에 또 다른 층이 증축되면서 미로를 방불케 하는 모습으로 탈바꿈된 육룡채.

무명과 이강은 백노괴를 찾아 육룡채로 들어갔었다. 그때 정영과 임윤도 함께 있었으니, 정영은 육룡채 어딘가에 숨겨진 지하 통로가 있지 않을까 짐작했던 것이다.

임윤이 말했다.

"육룡채라면 가능성이 있군. 하오문도 육룡채의 구석구석이 어떤지 다 모르니까."

이강이 쓴웃음을 지으며 말했다.

"청면 놈이 망자 판으로 만든 육룡채에 지하 도시의 출구가 있을지 모른다니, 세상 일 한번 우습단 말이야, 후후후."

이강의 말에 잠깐 들떴던 일행의 기분은 다시 가라앉았다.

임윤도 싸늘하게 가라앉은 목소리로 말했다.

"피난민들이 머무는 하오문 숙소도 육룡채 근처에 있다."

망자 군대가 지상으로 나오면 가장 먼저 감염될 자들이 하오문 사람들인 셈이니, 임윤의 얼굴이 냉랭해진 것도 당연했다.

그때 편복선생이 말했다.

"잠깐만. 망자들이 길을 나눠서 다른 동혈로 이동하고 있군."

그 말에 일행의 신경이 곤두섰다.

다른 동혈? 설마 출구가 하나가 아니라 또 존재한다는 말인가?

그런데 박쥐로 무엇을 보고 있는지 편복선생이 고개를 연신 갸웃거렸다.

"이상하군. 다른 길로 들어선 망자 중에는 흑의인이 한 명도 안 보이는군."

이강이 양미간을 구기며 물었다.

"흑의인 놈들이 안 보인다고?"

"그래. 흑의인들은 먼저 가던 길로 가는데 환도를 든 망자 군대만 방향을 바꿨단 말이네."

"흐음, 핏물이라도 마시러 가는 건가?"

순간 무명이 고개를 번쩍 들었다.

"망자 군대가 열병식을 하기 전에 핏물은 이미 충분히 흡수했을 것이오."

이어서 편복선생을 보며 물었다.

"선생, 박쥐는 지금 어디 있소?"

"망자에게 들키지 않으려고 동혈 천장에 붙어서 날고 있네."

"그게 아니라 당신과 박쥐 간의 거리가 점점 가까워지는지 묻는 것이오."

"그러고 보니 일호가 내 쪽으로 날아오는 것 같군… 아아!"

항상 점잔을 빼던 편복선생이 입을 딱 벌리며 신음을 흘렸다.

박쥐와의 거리가 점점 줄어들고 있다? 그것은 바로 망자들이 삼 조 일행 쪽으로 오고 있다는 뜻이 아닌가!

곧 동혈 너머에서 붉게 빛나는 점들이 속속들이 나타났다.

어두운 밤에 광채를 내뿜는 짐승의 눈.

망자들의 핏발 선 눈이었다.

송연화가 말했다.

"대체 어떻게 우리가 있는지 알아챈 거죠? 제갈세가의 부적이 있잖아요?"

"그건 나도 모르오. 어쨌든 우리는 망자한테 들켰소."

"이건 말도 안 돼!"

키에에에엑!

환도를 꼬나든 망자들이 동혈 속에서 수도 없이 쏟아져 나오기 시작했다.

일 조, 이 조, 삼 조가 모두 망자 떼에게 포위되고 있을 때.

어두운 동혈 속을 홀로 달리는 자가 있었다.

타타타탓.

일 조 소림승들과 함께 잠행하다가 어느 시점에 떨어져 나온 인물.

그는 스스로를 오 조라고 칭한 소림 방장 무혜였다.

말이 오 조이지, 실상은 단독 잠행이나 마찬가지였다.

그는 육안룡도 천 속에 꽁꽁 숨긴 채였다. 칠흑 같은 어둠 속을 오감에 의지해서 달린다. 언제 그림자 속에서 망자들이 불쑥 나타날지 모르는 상황.

하지만 소림 방장의 움직임은 한 치의 주저함도 없었다.

실은 소림 방장과 제갈성이 계획한 이번 잠행의 핵심은 성동격서였다.

성동격서(聲東擊西). 동쪽을 혼란시키고 서쪽을 친다는 뜻.

어떻게 보면 일 조, 이 조, 삼 조는 망자들을 유인하기 위한 미끼였다.

다른 잠행조가 망자들에게 포위되어 사투를 벌일 때 소림 방장은 단독으로 작전을 펼치는 것이다.

목표는 하나.

시황 제거.

때문에 광명좌사가 나타난 순간 소림 방장은 은밀히 일 조와 떨어졌다. 그리고 광명좌사가 모습을 보인 동혈을 거꾸로 이동하면서 시황이 있는 곳을 수색했던 것이었다.

잠시의 시간도 지체할 수 없었다.

조금만 늦었다가는 시황이 어떤 동혈 속으로 들어가 버릴지 알 수 없으니까.

소림 방장은 바람처럼 어둠 속을 달렸다.

그러다가 갈림길이 나오면 발을 멈추고 주위를 살폈다. 지금 그의 청력은 열 장 떨어진 곳에서 바늘 떨어지는 소리도 들을 만큼 예민했다.

수십 년에 걸친 소림사 역근경 수련이 그것을 가능케 만들었다.

하지만 느껴지는 것은 물방울 떨어지는 소리, 공기의 흐름, 동혈 속을 떠도는 망자들의 숨소리뿐…….

길을 잘못 든 것일까?

아니면 시황이 이미 다른 곳으로 가버린 것일까?

그럼 길을 되돌아가서 다시 일 조와 합류해야 되는 것인가? 모처럼 찾아온 기회를 코앞에서 놓쳐 버리고?

소림 방장이 좀처럼 결정을 못 내리고 있을 때였다.

어두운 동혈 너머에서 한 점의 빛 줄기가 어른거렸다. 순간 빛이 비치는 것과 거의 동시에 소림 방장의 신형이 빠르게 자리에서 사라졌다.

팟.

빛 줄기의 정체는 망자들이 들고 있는 횃불이었다.

동혈을 쭉 따라가면 나오는 공터에 망자들이 횃불을 들고 누군가를 시중 들고 있었다.

바로 시황이었다.

시황을 모시는 망자들의 모습 또한 괴이했는데, 횃불을 들고 공터에 늘어서 있는 자들은 환관이었고 시황이 의복을 입는 것을 돕는 자들은 궁녀였다.

게다가 시황이 걸치고 있는 옷은 곤룡포였다.

곤룡포. 오직 황제와 황자들만이 입을 수 있도록 허락된 옷.

그런데 무슨 일이 있었는지 황금빛 곤룡포가 군데군데 시커멓게 타서 구멍이 나 있었다.

어쨌든 곤룡포를 걸치고 환관과 궁녀들이 시중을 들고 있으니 그가 황제를 자처하는 게 허세만은 아닌 셈이었다.

시황이 막 곤룡포를 다 입었을 때였다.

망자 환관이 들고 있는 횃불이 살짝 일렁거리는가 싶더니 그의 등 뒤에 그림자 하나가 나타났다.

순간 환관의 몸이 붕 떠서 맞은편 벽으로 날아가 부딪쳤나.

퍽!

환관은 신음 한마디 못 지른 채 그대로 바닥에 떨어져서 혼절했다.

그제야 환관들이 들고 있는 횃불이 세찬 바람에 일렁거렸고 공터 안에 드리워졌던 그림자가 요동을 치며 흔들렸다.

바람보다 빠르게 공터에 등장한 그림자는 소림 방장이었다.

키이이익! 환관과 궁녀들이 그를 돌아보며 괴성을 토했다.

하지만 시황이 손을 번쩍 들자 일제히 입을 다물며 괴성을 멈췄다.

시황이 고개를 돌리며 말했다.

"네놈은 누구냐?"

"아미타불. 소림사에 몸을 담은 승려입니다."

소림 방장은 망자인 시황을 맞아서도 존대를 하며 반장을 했다.

"소림사? 흥! 그건 그렇고 산 자의 냄새가 전혀 나지 않는군."

"무림맹에 재주 있는 자가 있지요."

말은 그렇게 했으나 부적이 없었더라도 시황을 제외한 망자들은 산 자의 냄새를 맡지 못했으리라.

망자들이 누군가 접근하는 기척을 느끼기 전에 소림 방장은 공터로 들어왔을 테니까.

"좋다. 힘들게 짐을 찾아온 이유가 무엇이냐?"

"정말 천자의 자리에 오르시려는 겁니까?"

"당연하지. 그 자리는 짐의 것이다."

"포기하시지요. 그 자리는 살아 있는 자들을 위한 것입니다."

"아니. 천자는 하늘이 내리시는 것이다!"

시황이 두 팔을 활짝 펼치며 소리쳤다.

"내가 불사의 몸이 된 것이 바로 하늘의 뜻이다!

먼 옛날 진시황제 때부터 꿈꿔왔던 일을 드디어 성공시켰으니 짐이 곧 천자의 적통을 잇는 것이다!"

그 말을 들은 소림 방장의 입술이 살짝 미소를 머금었다.

"망자는 이미 죽은 시체가 아닌지요?"

"네놈이 구족을 멸할 말을 입에 담는구나?"

"구족? 저는 불가에 귀의한 몸입니다. 속세에 남은 연은 없습니다."

"그러냐?"

시황이 천천히 두 팔을 내린 뒤 곤룡포 옷자락을 옆으로 젖혔다.

"그럼 네 목을 베어 짐의 말에 달고 천하를 종횡하겠다! 또 소림사를 불태우고 유황을 뿌려서 백 년 넘게 풀뿌리가 자라지 못하는 땅으로 만들어주마!"

시황이 땅을 박차며 몸을 날렸다.

탓!

그는 양손을 뻗어 소림 방장의 태양혈을 노렸는데, 다섯 손가락을 새의 발톱처럼 오므린 모습을 볼 때 응조공(鷹爪功)을 출수한 것이었다.

허공섭물이 가능할 만큼 내력이 심후해진 시황.

그대로 있으면 그의 손가락이 소림 방장의 두개골을 뚫을 것이다.

그렇다고 팔을 들어 막으려고 해도 응조공의 수법이 팔목뼈를 분질러 버리리라.

그때 소림 방장이 앞으로 발을 뻗었다.

스윽.

동시에 정면을 향해 느릿느릿한 동작으로 일권을 내밀었다.

진각을 밟으며 권격을 뻗는 단순하기 짝이 없는 동작.

그걸 본 시황의 양미간이 심하게 일그러졌다.

"나한권?"

소림 방장이 시황의 응조공을 상대로 출수한 것은 소림사에 입문하면 처음 배운다는 기초 중의 기초 무공인 나한권(羅漢拳)이었던 것이다.

강맹한 위력이나 변화무쌍한 초식과는 거리가 먼 나한권.

심후한 내공을 지닌 시황의 패도적인 응조공에 맞설 수 있는 무공이 절대 아니었다.

그런데 소림 방장은 나한권의 제일(第一) 권로를 펼치는 것도 모자라 굼벵이가 기듯 느릿느릿 움직였으니….

시황이 분노하며 버럭 외쳤다.

"나한권? 네놈이 감히 짐을 무시하는 것이냐!"

쉬익!

매의 발톱처럼 웅크린 열 개의 손가락이 소림 방장의 좌우 태양혈을 향해 날아들었다.

그때였다.

우우우웅.

웅조공을 내지르던 시황은 정체 모를 기운이 엄습하는 것을 느끼고 움찔했다.

"……?"

시황은 지하 도시에서 탈출한 뒤 만련영생교 혹의인들의 피를 흡수하여 엄청난 힘을 얻었다. 허공섭물을 출수할 만큼 내력이 심후해진 가장 큰 이유였다.

웬만한 명문정파의 장문인은 찍어 누를 정도의 힘을 지니게 된 시황.

그런데 정면에서 지금 파도가 산을 뒤엎는 기세가 밀려오는 것을 느끼고 멈칫거린 것이다.

이건 위험했다.

시황은 얼른 양팔을 돌려서 웅조공을 회수했다. 그리고 땅을 차며 뒤로 몸을 날렸다.

순간 소림 방장의 나한권이 방금 시황이 있던 허공을 격타했다.

텅.

귀로 들으면 작은 북을 친 듯한 평범한 소리.

하지만 시황은 느낄 수 있었다. 저 권격에 맞았다면 살갗이 종이처럼 찢어지고 근골이 박살 났으리라.

아니, 권격이 몸통을 뚫고 지나갔을지도…….

말도 안 되는 장면이 상상될 만큼 나한권의 위력은 엄청났다.

시황은 속으로 안도의 한숨을 쉬었다.

그런데 그것으로 끝이 아니었다. 분명 권격은 허공에 격발되었는데 소림 방장의 몸은 멈추지 않고 계속해서 전진하고 있었던 것이다.

게다가 소림 방장이 출수하는 것은 여전히…….

나한권의 제이(第二) 권로.

"이런 말도 안 되는……!"

시황이 양팔로 크게 원을 그리며 회전한 다음 정면을 향해 내질렀다.

부우웅!

시황이 어떻게 출수하는지는 알 수 없었으나 눈앞의 무공은 하북팽가의 것이었다.

혼원벽력장(混元霹靂掌)의 일초.

하북팽가는 패도적인 무공으로 유명하다. 그런 하북팽가에서도 기세가 위압적인 것으로 이름난 장법이 바로 혼원벽력장이었다.

또한 일류 고수의 경지를 넘어서면 장(掌)이 권(拳)을 이기는 게 무공의 이치다.

때문에 시황은 혼원벽력장으로 소림 방장의 단순하고 우직한 나한권을 제압해 버리려고 한 것이었다.

그런데…….

소림 방장이 조금도 주저 없이 혼원벽력장의 범위 안으로 뛰어 들어오는 것이 아닌가?

이어서 느껴지는 해일 같은 기세.

나한권은 모두 열여덟 개의 권로(拳路)로 구성되어 있다. 때문에 흔히 나한십팔권이란 명칭으로도 불려진다.

그중에서 처음 제일, 제이 권로는 다음과 같았다.

앞으로 진각을 밟으며 정권을 지른다. 계속해서 뛰어 들어가며 쌍권을 내지른다.

그런데 지금 소림 방장은 두 개의 권격을 마치 하나의 초식처럼 이어서 펼치는 것이 아닌가?

바로 시황이 당황한 이유였다.

분명 일초를 피했다고 여겼는데 이어서 이초가 나오는 게 아니라 여전히 일초를 상내하는 것처럼 느껴졌던 것이다.

게다가 패도적인 혼원벽력장이 단순한 나한권의 쌍권의 기운에 밀릴 정도였으니…….

그대로 쌍장을 휘둘렀다가는 나한권이 가슴을 격타할 위기.

"대단하군. 그럼 이건 어떠냐?"

시황은 오히려 피식 실소하며 쌍장을 거뒀다.

"흐으으읍!"

이어서 그가 크게 심호흡을 하자 숨을 들이마셨다. 아까 흡수했던 피의 힘을 몽땅 내력으로 바꾸는 것이었다.

곧 얼굴이 시뻘겋게 달아올랐다.

허공섭물이 가능한 내공 수위에 도달한 것이다.

그가 양팔을 수평으로 펼치더니 몸을 팽이처럼 회전했다. 그러자 곤룡포의 옷소매가 강풍을 만난 돛처럼 부풀어 올랐다. 펄럭!

무당파 무당면장의 일초.

무당면장은 중원 무림에서 가장 부드럽고 섬세한 무공으로 손꼽힌다. 즉, 시황은 소림 방장의 나한권에 힘으로 맞서지 않고 부드러움을 택한 것이다.

내가무공의 절정이라 일컫는 무당면장 때문에 가능한 수법.

츠츠츠츠.

크게 반원을 그린 시황의 손이 소림 방장의 쌍권을 부드럽게 옆으로 밀어냈다.

무당면장은 물처럼 끊이지 않고 초식이 이어지는 것이 특징이다. 쌍권을 밀어낸 시황의 일장은 멈추지 않은 채 타원을 그리며 소림 방장의 가슴팍으로 날아갔다.

소림 방장의 가슴뼈가 분질러질 위기.

그때 소림 방장이 어깨를 비스듬히 세우더니 정면으로 내지르던 쌍권을 각각 위아래를 향해 활짝 펼치는 것이 아닌가?

그리고 또다시 느껴지는 기운.

우우우웅.

시황은 이번에야말로 화들짝 놀랐다.

무당면장을 상대해서 오히려 부드러움으로 응수한다고? 대체 나한권이 언제부터 천하제일의 무공이었단 말인가?

그러나 소림 방장은 시황의 기분을 아는지 모르는지 묵묵히 나한권의 제삼 권로를 출수할 뿐이었다.

흔히 살을 내주고 뼈를 벤다는 말을 한다. 자신의 피해를 감수하더라도 적에게 치명적인 타격을 입히는 전법.

만약 그대로 무당면장의 일초를 날린다면?

무당면장이 소림 방장의 가슴을 박살 낸다면 팔 하나 부러지는 것쯤은 감수할 수 있었다. 핏물을 흡수하면 몸속의 혈선충이 부러진 근골을 금세 원상태로 복구시켜 줄 테니까.

하지만 소림 방장의 나한권은 차원이 달랐다.

지금 나한권의 권로를 무시하고 무당면장을 출수했다가는 소림 방장의 가슴에 생채기 하나 내지 못한 채 멀쩡한 팔만 쌍권에 맞아 부러지게 생긴 것이다!

내공 수위로 찍어 누르겠다는 의도는 물거품으로 돌아갔다.

단숨에 제압할 수는 없겠군.

시황은 일단 소림 방장의 수법을 읽고 분석하고자 마음먹었다.

자신과 상대 둘 다 절정 반열에 이른 고수임은 분명하다. 나한권으로 기선을 제압한 것은 칭찬해 주겠다. 하지만 계속 어설픈 수작을 부린다면 파훼법을 찾아내서 응징하고 말리라.

그런데 소림 방장은 묵묵히 나한권의 제사 권로를 시전하는 것이었다.

"……!"

시황은 입을 다문 채 경악했다.

계속해서 제사 권로가 제오 권로로 바뀌더니, 나한권의 마지막 초식인 제십팔 권로까지 끊임없이 이어졌다.

시황은 자신이 아는 중원 무림의 무공을 몽땅 펼쳐 보이며 대응했다. 하지만 나한권을 방어하는 데 급급할 뿐 이렇다 할 역습 한 번 가하지 못했다.

십팔 개의 권로가 물처럼 이어지는 나한권.

강물은 단숨에 칼로 베면 잠깐 물줄기를 끊을 수 있다. 하지만 해일이 밀려온다면 칼로 막을 수 있을 것인가?

문득 시황의 뇌리에 스치는 생각이 있었다.

천하무공출소림.

아니다, 중원의 강호인은 모두 틀렸다. 천하제일의 소림 무공조차 결국 기본에서 나오는 게 아닌가?

소림 무공의 기본, 나한권.

지금 소림 방장의 나한권은 공방이 완벽한 최상의 무공이었다.

어느새 시황의 등에 붉은 물방울이 맺히기 시작했다. 망자라서 식은땀 대신 핏물이 흘러내리는 것이었다.

게다가 얼굴에서 붉은 기색이 점점 사라졌다. 짧은 시간에 극심한 내공을 소모하느라 흡수했던 핏물 기운이 다하는 것이었다.

나한권의 십팔 권로가 세 번째 순환했을 때.

드디어 소림 방장의 일권이 시황의 가슴팍을 강타했다.

퍼엉!

시황의 가슴뼈가 푹 우그러들며 무너졌다. 그는 비틀거리며 일 장 뒤로 물러선 뒤 무릎을 꿇었다.

공터에 있던 환관과 궁녀들이 정신 조종에서 풀렸는지 소림 방장을 공격했다.

키에에엑!

그러나 십여 명의 망자들을 해치우는 것은 소림 방장에게 문제도 아니었다. 차 한 모금 삼킬 시간도 안 지났는데 공터의 망자들은 모두 그의 나한권을 맞고 혼절해서 쓰러졌다.

소림 방장이 허리춤에서 항마도를 꺼내 들고 시황에게 다가

갔다.

시황은 가슴이 통째로 박살 난 상처가 아직 회복되지 않아 몸을 일으키지 못하고 있었다.

처억.

소림 방장이 그의 목에 항마도를 갖다 댔다.

순간 시황이 광소를 터뜨렸다.

"으하하하! 지상으로 나가 천자의 자리에 오르면 소림사 무공을 배워야겠구나!"

"소림 무공은 악인에게는 전수하지 않습니다."

"그래? 그럼 소림사를 멸문시키겠다! 반드시, 하하하하하!"

"그럴 일은 없을 것입니다."

소림 방장이 항마도를 높이 치켜든 뒤 빠르게 내려쳤다.

여섯 명의 소림승들이 펼친 나한진.

한 몸처럼 움직이는 소림 십팔나한은 내공 고수인 광명좌사를 어렵지 않게 막아냈으나, 그는 여유를 잃지 않고 비웃음을 흘리는 것이었다.

"무림맹은 명문정파의 이름하에 많은 사람을 죽였다. 너희들이 죽어서 망자가 되었는데 이제 와서 망자를 비난한다고? 개가 웃을 소리!"

곧 동혈 속에서 수십여 명의 망자들이 뛰쳐나왔다.

"이제 복수할 시간이다! 너희들 목을 벤 놈들이니 살을 뜯고 피를 마셔서 배를 채워라!"

광명좌사가 검지로 소림승들을 가리키며 외쳤다.

키에에엑!

시뻘겋게 충혈된 두 눈을 부라리며 달려드는 망자들.

그들은 짐승처럼 손톱을 세운 양손을 마구잡이로 휘두르는 것은 물론, 턱이 빠져라 입을 벌려서 몇 번씩 반복하며 아가리를 다물었다.

딱딱딱!

말 그대로 지옥에서 나온 악귀들.

문제는 피할 공간이 마땅치 않다는 것이었다. 뛰어드는 망자들을 상대하기 위해서 몸을 돌리면 그때는 광명좌사가 공세를 퍼부을 것이 아닌가?

달려드는 망자 떼에게 뒤덮여 짓밟혀 버릴 찰나.

진문이 큰 소리로 명을 내렸다.

"입(入) 자 진을 펼쳐라!"

역삼각형 모양의 진법으로 광명좌사를 상대하던 소림승들이 재빠르게 몸을 날렸다.

타앗!

순식간에 진법이 바뀌었다.

진문이 선두에 서고 양옆으로 두 명씩이 비스듬히 늘어선 진법.

즉, 입(入) 자 모양.

막내 진명은 기습에 대항해서 광명좌사가 있는 오른쪽에 붙었다.

그리고 망자들이 우르르 달려드는 순간, 소림승들은 한쪽 무릎을 꿇은 자세로 몸을 숙이며 빗자루로 바닥을 쓸듯이 항마도를 좌우로 베었다.

그 바람에 망자들의 이빨과 손톱은 목표를 잃고 허공을 움켜쥔 반면, 속도를 멈추지 못하고 소림승들이 만든 도검삼림의 진법을 그대로 지나쳐 버렸다.

촤촤촤촥!

망자들이 발목과 무릎이 동강 나서 바닥을 나뒹굴었다. 어떤 망자는 허리가 통째로 베어져서 상반신이 땅에 떨어졌다.

나한진의 변형 중 하나인 입 자 진법.

지금 진법의 약점은 후방이리라.

그러나 혼백 없는 혈귀들이 그것을 알 리가 없지 않은가?

촤아, 촤아악. 망자들은 속절없이 항마도에 절단되었다. 동혈 바닥은 망자들의 토막 난 몸뚱이로 발 디딜 틈이 없게 되었다.

망자들이 일패도지를 면치 못하자 광명좌사가 한 발 앞으로 나서며 말했다.

"스스로 속죄하려 들지 않으니 내가 도와줘야겠……."

그때였다.

광명좌사가 말을 삼키더니 손을 들어 목뒤를 움켜쥐는 게 아닌가?

"크흑!"

광명좌사 말고 다른 망자들도 천둥 벼락을 맞은 것처럼 몸을 움찔하더니 제자리에 멈춰 섰다.

무슨 영문인지 알 수 없는 상황. 하지만 소림승들은 경계를 풀지 않았다.

진공이 진문에게 눈빛을 보냈다. 지금 광명좌사를 끝장내는 게 어떻습니까라는 뜻. 진문은 고개를 저었다. 아니다, 무리하지 말고 사태를 지켜보자.

진문이 옳았다.

목인상처럼 굳어버렸던 망자들이 곧 꿈틀대며 움직이기 시작했던 것이다.

광명좌사가 웃음을 흘리며 말했다.

"이거 미안하군. 뜻하지 못한 일이 생겨서 말야."

그가 들고 있던 방천극을 땅에 던지더니 허리춤에서 검을 뽑았다.

스르룽.

"그럼 이 차 비무를 시작하자."

잠깐 움찔하면서 동작을 멈춘 망자들.

소림승들은 영문을 모른 채 망자들의 동향을 살폈다.

혹시 망자들에게 무슨 변괴가 생긴 것일까? 그렇다면 천재일우의 기회이리라…….

하지만 사태는 호전되지 않았다. 차 한 모금 삼킬 시간도 못 되어 광명좌사가 검을 뽑아 들었던 것이다.

그나마 다행인 점은 망자들이 막무가내로 나한진에 달려드는 바람에 큰 피해를 입었다는 것이었다. 발목과 무릎이 절단되어 바닥에 나뒹구는 망자들이 많아지자 비좁은 동혈이 자연히 막혀 버리게 되었다.

키에에엑!

망자들이 동료의 몸뚱이를 헤치며 앞으로 나오려고 했지만 쉽지 않았다.

진공이 그들을 비웃으며 말했다.

"자신들의 몸뚱이가 길막이가 되다니, 우습기 짝이 없군."

이어서 여섯 명의 소림승이 일제히 광명좌사에게 시선을 돌렸다.

이제 남은 일은 하나. 눈앞에 있는 만련영생교의 호법을 처치하는 것.

진문이 명령했다.

"태(太) 자 진을 펼쳐라!"

소림승들이 몸을 날려 새 진법을 형성했다.

다섯 명이 오방위(五方位)에 서고 나머지 한 명이 자유롭게 움직이는 진법.

이번 진법은 광명좌사 같은 고수를 상대하기에는 처음 펼쳤던 진법보다 위력이 떨어졌다. 하지만 언제 등 뒤에서 망자들이 덤벼들지 모르기 때문에 어쩔 수 없었다.

고육지책의 선택.

진문은 입술을 질끈 깨물었다.

태 자 진으로는 광명좌사를 오래 상대할 수 없으리라. 그러나 호각으로 버티면서 시간을 끌 수 있다면 그것으로 충분했다.

애초에 소림승들의 임무는 광명좌사를 시황과 떨어뜨려 놓는 것이니까.

우리가 시간을 벌면 방장님이 시황을 해치우실 것이다. 진문은 그렇게 생각하며 결의를 다졌다.

그러나 진문의 예상은 보기 좋게 빗나갔다.

광명좌사가 새 진법을 짠 소림승들을 보며 고개를 끄덕거렸다.

"천하무공출소림? 과연 명불허전이로군."

그가 발을 뻗어 땅에 떨어진 방천극의 자루를 밟았다. 와직! 동시에 도끼날만 남은 방천극을 발로 차서 공중에 떠오르게 하더니, 재차 발로 차서 소림승들을 향해 날렸다.

탁! 부우웅!

날만 남은 방천극이 풍차처럼 빙글빙글 돌며 날아왔다.

소림승들이 고개를 돌리거나 몸을 굽혀서 피하자 방천극은 뒤로 날아가 돌벽에 꽂혔다.

픽!

무거운 방천극이 암기처럼 날아온 것도 모자라 두부를 꿰뚫듯 돌벽에 꽂혔으니, 광명좌사의 내력이 얼마나 심후한지 가늠하기 힘들 정도였다.

그런데 진문을 더욱 아연실색케 하는 장면이 펼쳐졌다.

광명좌사의 신형이 감쪽같이 사라진 것이 아닌가?

"……?"

소림승이 영문을 몰라서 좌우를 두리번거릴 때였다.

실은 광명좌사는 벽을 밟고 몸을 날린 뒤 천장을 타고 달리는 중이었던 것이다.

타타타탓!

그제야 소림승들은 도마뱀처럼 천장을 뛰어오는 광명좌사를 발견했다.

하지만 때는 늦었다.

광명좌사가 몸을 날려서 소림승들이 펼친 진법의 한가운데로 들어와 착지한 것이었다.

탁!

실로 전광석화 같은 경신법.

나한진은 절정 고수의 달음질 한 번에 파훼되었다.

그러나 최악의 상황은 따로 있었으니…….

다섯 명이 오 방위를 맡고 한 명이 중앙에 서는 태 자 진.

즉, 중앙에 홀로 떨어져 있는 막내 진명이 광명좌사와 일대일로 마주쳐 버린 것이었다.

"……!"

사형 다섯 명이 몸을 돌리며 항마도를 휘둘렀다. 진명도 침착함을 잃지 않고 항마도를 들어 광명좌사의 공세를 대비했다.

하지만 광명좌사는 나한진을 완벽하게 펼쳐야 상대할 수 있는 고수였으니…….

"보아하니 막내 사제인 것 같은데, 가장 늦게 태어난 자가 가장 일찍 죽게 되었구나."

그의 말이 끝나기도 전에 한 줄기 검광이 진명을 스치고 지나갔다.

"진명!"

순간 진문이 벼락처럼 광명좌사를 향해 몸을 날렸다.

자신의 안위는 도외시한 채 공격을 퍼붓는 동귀어진의 수법. 진문의 반사적인 선택이 사제의 목숨을 살렸다.

스팟!

검광이 진명의 가슴에 번뜩였다.

하지만 광명좌사는 양미간을 일그러뜨리며 중얼거렸다.

"…검이 얕게 먹었군."

눈빛에서 총기가 사라지며 진명이 스르르 무릎을 꿇었다. 광명좌사의 말로 볼 때 목숨은 건진 듯했으나 치명상을 입은 것은 분명했다.

게다가 진문의 동귀어진마저 광명좌사는 손쉽게 피해 버

렸다.

스스스.

그는 공중에서 떨어졌을 때처럼 다시 몸을 날려서 천장을 밟았다. 마치 천장에 매달린 채 평생을 살아가는 박쥐 같은 모습. 허공답보를 능가하는 경신법에 소림승들은 침을 삼키며 경악했다.

"하하하하! 놈들의 살을 뜯고 피를 마셔라!"

이어서 망자들이 동료의 몸뚱이를 치우면서 소림승들에게 달려들었다.

지금 진문과 사제들이 펼치는 나한진은 원래 열여덟 명이 펼치는 소나한진의 변형이다. 인원이 삼분지 일밖에 안 되는데 광명좌사에 대항할 수 있던 까닭은 여섯 명이 한 호흡으로 움직였기 때문이다.

그러나 진명이 큰 부상을 입은 이상 더는 나한진을 펼치기 불가능해졌다.

진문이 어쩔 수 없이 후퇴를 명령했다.

"모두 퇴각한다!"

진문이 정신이 혼미한 진명을 부축하며 어두운 동혈 속으로 들어가자 네 명의 소림승이 항마도로 망자들을 베며 후미를 지켰다.

일 조의 임무는 시간을 벌어서 만련영생교의 호법을 유인하는 것이다.

하지만 이것으로 됐을까? 충분히 시간을 번 것일까?

진문은 고개를 저었다. 턱없이 부족하다. 남은 일은 방장님의 손에 맡기는 수밖에……

소림승 여섯은 정신없이 도주하기 시작했다.

지하 황궁에서 망자 떼에게 포위되어 버린 이 조.

이 조는 검을 뽑고 서로 등을 맞대며 망자들을 상대했다. 하지만 사방에서 몰려드는 망자들의 숫자가 심상치 않았다.

그때 폭뢰 설치를 끝내고 도착한 당문삼독이 다른 이 조 일행을 구해냈다.

"이쪽으로!"

소극상과 당백기가 지주사전 사슬로 망자들의 발목을 걸어 쓰러뜨리는 동안 이 조 일행은 활로를 뚫고 이동했다.

촤촤촤착!

꾸웨에엑!

검광이 번쩍일 때마다 비명 소리와 함께 망자들이 우르르 쓰러졌다.

하지만 쓰러졌다고 해서 숨통이 끊어진 것은 아니었다. 일검에 혈선충의 심맥이 갈라져서 죽는 망자는 열에 하나둘이 고작. 나머지는 목이 없거나 양팔이 떨어져도 계속해서 일행을 쫓아 달려오는 것이었다.

정결사태가 넌더리를 내며 말했다.

"기가 막히는군. 목을 베어도 죽지 않는 적이라니."

"걱정 마시오. 좁은 길목에 놈들을 몰아넣고 단혼사를 쓰면 그만이니까."

당청이 도도한 말투로 대답했다.

먼저 소극상과 당백기가 살포해서 동혈 속을 망자들의 사체로 가득 채웠던 단혼사.

반면 지하 황궁은 공간이 넓어서 단혼사를 뿌리기에 적합하지 않았다. 때문에 당문삼독은 지주사전으로 망자들의 발을 막으며 한쪽으로 쏠리도록 만들었다. 건물 사이의 비좁은 골목에 망자 떼가 모이면 단혼사를 쓸 기회가 생기리라.

"이쪽! 이쪽으로!"

당백기가 계속해서 도주 방향을 지시했다.

일행은 그의 명에 따라 건물 틈새로 난 골목을 달렸다.

지하 황궁은 지상의 황궁과 마찬가지로 건물이 빽빽하게 들어차 있어서 길이 미로처럼 복잡했다. 그러다가 어느 순간 골목 정면이 막히며 막다른 길이 되었다.

"모두 위로!"

일행은 몸을 날려 건물 지붕 위로 뛰어올랐다.

이제 망자 떼가 막다른 골목으로 밀려들어 오리라. 단혼사를 쓸 준비가 끝난 것이다.

그러나 당문삼독의 작전은 수포로 돌아갔다.

"이런 걸 두고 부처님 손바닥 위의 손오공이라고 하지? 크흐

호호!"

지붕 위에는 광명우사가 어느새 도착해서 이 조 일행을 기다리고 있는 것이 아닌가?

칠 척이 넘는 신장. 넓은 철판이 떠오르는 거도(巨刀).

저런 몸으로 거도를 들고 일행을 앞질러서 퇴로를 막고 기다렸다니…….

광명우사는 패도적인 힘만 앞세우는 괴물이 아니라 경신법 또한 무림맹의 고수에 비해 손색이 없었던 것이다.

거도가 바람을 가르며 날아왔다.

부우웅!

공기의 흐름이 갈라지는 것이 몸에 느껴질 정도의 검세.

일행은 검세를 피해 공중에 뛰어올랐다. 미처 도약하지 못한 자들은 몸을 뒤로 눕히는 철판교의 수법으로 거도를 피했다.

그런데 광명우사가 도중에 손목을 빙글 돌리자 거도가 날을 수직으로 세우며 날아드는 것이었다.

거도에 두 동강 날 일은 없으나 검면이 공중에 뜬 일행의 발목을 강타할 위기.

순간 소극상과 당백기가 동시에 지주사전을 발사했다.

투웅! 촤르르르!

두 개의 쇠 화살이 광명우사의 좌우로 날아가 지붕에 박혔다. 이어서 둘이 재차 지주사전을 발사하자 사슬이 광명우사의 양팔을 옭아매며 지붕에 고정되었다.

그 덕분에 꼼짝없이 당할 뻔한 장청과 당호는 몸을 날려 거도를 피할 수 있었다.

"이놈들이!"

와드드득…….

광명우사가 양팔을 끌어당겼으나 새 발톱이 오므리면서 지붕에 박힌 쇠 화살은 꿈쩍도 하지 않았다.

그때 당청이 그의 정면을 향해 몸을 날렸다.

"하아앗!"

당청이 손을 뻗어 어떤 병장기를 투척했다. 좌라라락! 다시 보자 암기를 투척한 것이 아니라 채찍 병기를 날린 것이었다.

사천당문의 비전 무공인 금룡편법(金龍鞭法).

금룡편은 황소가 당겨도 끊어지지 않는 채찍에 고슴도치의 가시처럼 칼날을 박아 넣은 채찍이다. 정통으로 칼날에 맞으면 살점이 파이는 것은 물론 심하면 뼈까지 절단된다는 악독한 병장기.

칼날을 비늘처럼 몸체에 단 금룡편은 뱀이 꿈틀거리듯 요동치며 광명우사의 목을 휘감았다.

좌라라락!

순간 그림자 하나가 뛰어들며 전투에 참여했다.

바로 아미파의 원로급 고수 정결사태였다.

스팟!

그녀가 한 줄기 검광을 남기며 광명우사를 스쳐 지나갔다.

광명우사가 뒤로 고개를 돌렸다.

"네년, 감히 무슨 짓을……."

그러나 그는 말을 끝내지 못했다. 몸체가 갑자기 옆으로 기울어졌기 때문이다.

곧 광명우사의 상체가 천천히 하체에서 멀어지기 시작했다. 정결사태가 날린 일검이 수백 년 자란 통나무만큼 두터운 광명우사의 허리를 통째로 절단했던 것이다.

기우뚱.

옆으로 밀려나던 광명우사의 상체가 결국 하체의 단면에서 떨어져 바닥에 추락했다. 우당탕탕! 이어서 상체를 잃어버린 하체도 천천히 무릎을 꿇더니 모로 넘어갔다. 콰당탕!

당문삼독의 포박에 이은 정결사태의 마무리.

네 고수의 전광석화 같은 합공이 광명우사를 쓰러뜨리는 데 성공한 것이었다.

물론 혈선충의 심맥을 가르지 않았기 때문에 언제 그가 다시 몸을 붙이고 일어설지 모른다. 하지만 적어도 퇴각할 시간을 번 것은 틀림없으리라.

정결사태가 당문삼독을 보며 말했다.

"합공의 마지막을 내가 빼앗아서 미안하오."

도도한 당청도 이번만큼은 미소를 지어 보였다.

"아니오. 멋진 일검이었소."

그러나 광명우사를 쓰러뜨리고 시간을 벌었다고 생각한 것은 착각이었다.

막다른 골목에 몰려든 망자들이 동료들의 몸을 타고 지붕 위로 기어 올라왔던 것이다. 어느새 이 조 일행은 사방의 건물 위로 올라온 망자들에게 포위되고 말았다.

당백기가 말했다.

"누님, 이러면 단혼사를 쓸 공간이 나오지 않습니다."

"빌어먹을 망자들."

당청이 욕설을 내뱉은 것도 무리가 아니었다.

사방 건물의 지붕 위는 이미 망자로 발 디딜 틈이 없었는데, 밑에서 지붕으로 올라오고 있는 망자들은 그 몇 배가 더 넘었던 것이다.

마치 개미 떼가 꾸역꾸역 몰려드는 듯한 장면.

장청이 당호에게 물었다.

"당문의 독공이라면 지하 도시를 끝장낼 수 있다고 하지 않았나?"

"독공도 독공 나름이죠."

당호가 고개를 저으며 대답했다.

"이건 독을 바닷물처럼 퍼부어야 될 수준입니다."

그때였다.

갑자기 망자들이 천둥 벼락을 맞은 사람처럼 전신을 부르르 떨더니 제자리에 멈춰 서는 것이 아닌가?

일행은 영문을 몰라서 망자들을 쳐다봤다.

"대체 무슨 일이지?"

상황을 누구보다 빨리 파악한 자는 무사였다.

"지금이 기회입니다."

당청은 성정은 도도할지 몰라도 아랫사람이 옳은 말을 했다고 무시하는 인물이 아니었다.

"모두 팔 층 전각으로 퇴각한다!"

그녀가 빠르게 결정을 내렸다. 이 조 일행은 목인상처럼 꼼짝 않고 있는 망자들을 피해서 지붕 위를 달리기 시작했다.

삼 조 일행은 지하 도시의 마지막 출구 위치를 예측해 냈다.

끊임없이 새 건물이 증축되는 육룡채. 악인 중의 악인이 모여서 아수라장을 만든 그곳에 지하 도시의 출구가 있을 줄이야.

그런데 망자들의 뒤를 쫓던 박쥐가 일행 쪽으로 날아온다는 사실을 깨달았다.

그것이 뜻하는 사실은…….

"망자들이 우리를 발견한 것 같소."

무명의 말이 끝나기가 무섭게 어둠 속에서 환도를 든 망자들이 꾸역꾸역 쏟아져 나왔다.

키에에에엑!

송연화가 소리쳤다.

"제갈세가의 부적이 있으니 망자한테 들켰을 리가 없어요!"

그 말에 이강이 킬킬대며 대답했다.

"부적의 효능이 다했을지도 모르지."

"말도 안 돼!"

"아니면 망자 중에 부적 효과가 안 통하도록 진화된 놈이 있다든가."

"헛소리! 그럴 리가 없잖아?"

송연화의 목소리가 점점 앙칼지게 바뀌었다.

하지만 망자 떼가 코앞으로 들이닥친다는 사실은 변할 리 없었다. 정영과 이강이 각자 척사검과 사모를 들고 망자들을 상대했다.

스팟! 쉬익, 푹!

검광이 어둠 속에서 번쩍이고 검풍이 사람들의 머리칼을 흩날렸다.

그러나 망자들의 숫자가 너무 많았다.

망자 하나가 쓰러지면 바로 뒤를 이어 망자 셋이 추가되는 형국. 전광석화처럼 도검을 놀리는 정영과 이강도 인산인해로 밀려오는 망자 떼에는 당해낼 도리가 없었다.

문제는 정면에서 오는 망자가 전부가 아니라는 것이었다.

미로처럼 얽힌 통로를 빙 돌아왔는지 옆으로 난 갈림길에서도 망자들의 괴성이 들리기 시작했던 것이다.

키이익… 쌔애애액…….

송연화가 눈썹을 찡그리며 말했다.

"이러다 포위되겠어요. 빨리 무슨 방법을 써야……."

그때였다.

망자들이 갑자기 벼락을 맞은 듯이 움찔하며 멈춰 서는 것이었다.

일행은 영문을 몰라서 서로를 쳐다봤다.

"뭐요? 설마 죽은 것은 아닐 테고."

"흑랑성에서도 비슷한 일이 있지 않았냐?"

임윤이 이강을 돌아보며 물었다.

"모체라는 괴물이 망자들의 정신을 조종했었지."

이강이 고개를 끄덕이며 대답했다.

"괴물이 죽자 망자들이 동작을 멈추거나 정신이 나간 것처럼 발광을 했지. 뭐, 놈들은 원래 혼백이 없긴 하지만."

그 말을 들은 무명이 갑작스럽게 후퇴 명령을 내렸다.

"모두 퇴각하겠소."

"퇴각? 출구 폭파는 포기하자는 건가요?"

"우리 삼 조의 힘만으로는 무리요."

"왜죠?"

송연화가 뜬금없다는 투로 물었지만 무명은 담담하게 말을 이었다.

"망자들이 멈춘 이유는 시황이 죽었기 때문이오."

그녀를 포함한 일행이 눈을 크게 뜨며 깜짝 놀랐다.

정영이 끼어들며 말했다.

"소림사로 가는 길에서도 시황이란 자가 망자들의 정신을 조종했었소."

"그렇소. 시간상으로 볼 때 일 조 소림승들이나 소림 방장이 시황을 제거했을 것이오."

일행은 그제야 무명의 퇴각 명령을 이해했다.

시황이 죽었다면 잠행은 성공한 셈이다. 남은 일은 망자들이 동작을 멈춘 틈을 타서 지하 도시를 탈출하는 것뿐.

하지만 무명의 말은 끝이 아니었다.

"문제는 시황이 죽지 않았을 경우요."

"방금 죽었을 거라고 했잖아요?"

"그건 아무도 알 수 없소. 시황이 죽지 않았다면 망자들이 다시 움직일 것이오. 그럼……."

임윤이 고개를 끄덕이며 끼어들었다.

"동혈 속에서 꼼짝없이 포위되겠군."

"맞소. 지금이 천재일우의 기회요."

무명의 말이 끝나기가 무섭게 삼 조는 몸을 돌려 동혈 속을 달리기 시작했다.

하나하나 말을 안 해도 손발이 척척 맞는 움직임.

편복선생은 무공을 몰랐으나 누구보다 눈치와 반응이 빨라서 매번 앞장서서 뛰었다. 때문에 속도가 느린 점을 간신히 보충할 수 있었다.

이제 선두는 길을 아는 무명이 맡았다.

"무명의 예측이 옳았군요."

송연화가 입술을 깨물며 말했다. 어느 갈림길로 가도 동혈 속이 몰려든 망자 떼로 가득했기 때문이다. 망자들에게 닿지 않도록 움직이느라 속도가 느려질 정도로.

다행히 망자들은 목인상처럼 정지한 채 꼼짝하지 않았다.

단지 어떤 망자는 희멀건 눈알을 빙글 돌려서 지나간 일행을 쳐다봤다. 상황이 결코 안전하지 않다는 증거였다.

차 한 잔 마실 시간을 정신없이 뛰자 어느덧 동혈 속에 망자의 모습이 보이지 않았다.

"포위망은 벗어난 것 같소."

그제야 일행은 안도의 한숨을 내쉬었다.

"이제 어떡하죠?"

"망자들이 기척을 놓쳤다면 길을 되돌아가서 출구를 폭파할 수 있소. 하지만."

무명이 고개를 돌려 어두운 동혈 너머를 봤다.

"만약 망자들이 다시 움직여서 우리를 찾아낸다면 행선지는 하나뿐이오."

"그게 어딘가요?"

"지하 황궁의 팔 층 선각이오."

이번에는 무명도 슬쩍 양미간을 찡그리며 대답했다.

"잠행이 계속 성공했으면 출구를 폭파하고 불가의 방이나 잔도를 통해서 탈출하면 그만이오. 하지만 망자들이 기척을 잃고 계속 동혈 속에서 몰려온다면……."

"팔 층 전각이 마지막 남은 탈출구가 되겠군요."

송연화도 수긍이 가는지 고개를 끄덕였다.

"출구 폭파는 물 건너가는 셈이군요. 어쨌든 지상으로 이어지는 위치를 찾았으니 다행이에요."

삼 조는 잠시 침음한 채 동혈 속의 기색을 살폈다.

그러나 기대는 깨졌다.

키이이익…….

멀리 어둠 속에서 망자들의 숨소리가 들리기 시작했던 것이다.

이강이 킬킬대며 말했다.

"이래서 잠행은 재밌다니까. 제갈세가의 부적? 무림맹의 작전? 정체 모를 망자들의 역습에 몽땅 물거품이 되었구나, 후후후."

"그 입 좀 닥치시지."

송연화가 말을 쏘았다.

망자가 계속 삼 조의 기척을 파악하는 이상 폭뢰 설치는 불가능했다. 차라리 팔 층 전각을 통해 한발 먼저 육룡채에 도착하여 지하 도시의 출구를 찾는 쪽이 나으리라.

삼 조는 무명의 인도에 따라 팔 층 전각을 향해 달렸다.

천하무공출소림. 천하의 모든 무공은 소림사에서 나왔다는 뜻.

그 말은 허명이 아니었다.

산을 뒤엎는 웅혼한 내력이 실린 나한권.

절정 고수의 내공 수위에 오른 시황이었으나 소림 방장의 나한권을 상대해서는 공격 한 번 못 해보고 막는 데 급급했다.

나한권의 십팔 권로가 세 번째 돌았을 때, 시황은 결국 일권을 맞고 쓰러졌다.

"으흐흐흐, 지상에 나가면 소림사의 무공을 배우든지 아니면 멸문시킨든지 둘 중 하나를 꼭 선택해야겠군."

시황이 오히려 웃음을 흘리며 말했다.

너무 압도적인 무공 차이에 분노와 감탄 등의 감정이 복잡하게 얽혔던 것이다.

소림 방장이 항마도를 빼 들자 시황이 냉소를 터뜨렸다.

"흥! 불가 놈이 살생을 하겠다고?"

"살생이 아니라 구천을 떠도는 망자를 성불시켜 주는 것입니다."

소림 방장은 무릎을 꿇고 몸을 굽히고 있는 시황에게 다가갔다. 그리고 눈에 보일 리는 없지만 혈선충의 심맥이 있으리라 짐작되는 곳을 노리며 항마도를 갖다 댔다.

그때 시황이 광소를 터뜨렸다.

"으하하하, 으하하하하하!"

사람이 죽기 전에 이성을 잃는 것은 다반사다.

망자 또한 다르지 않으리라. 소림 방장은 광소를 외면한 채 항마도를 치켜들었다.

"짐은 죽지 않는다! 짐은 불로불사의 존재다! 하하하하하!"

휙! 소림 방장이 항마도를 내려쳤다.

그런데 이상한 게 시야에 들어왔다. 시황의 목뒤에서 무언가가 항마도에 비친 빛이 반사되어 반짝 빛났던 것이다.

툭, 데구르르.

시황의 목이 바닥에 떨어져서 멀리 굴러갔다.

"아미타불."

소림 방장이 한 손으로 반장을 하며 읊조렸다.

흑랑성의 변괴에서 시작된 망자 사태.

망자비서 쟁탈전은 비서가 위서로 판명 나는 탓에 무위에 그쳤다. 그러는 동안 중원의 도시와 마을은 영문 모를 망자 출현에 하나씩 감염되어 갔다.

그리고 잠행조를 속이고 지하 도시에서 탈출한 시황.

하지만 수천 년간 중원을 지켜온 무림은 만만하지 않았다.

무림맹의 세는 과거만 못했으나 소림 방장은 치밀한 계획과 준비 끝에 지하 도시 잠행에 나섰다. 그리고 결국 망자를 조종하는 명령자 중의 명령자인 시황을 제거하는 데 성공한 것이다.

"이것으로 중원은 다시 평안해지려는가?"

소림 방장이 항마도를 허리춤에 꽂으며 길게 숨을 내쉬었다.

그때 등 뒤에서 수상쩍은 기척이 느껴졌다.

소림 방장은 무슨 일인가 싶어 몸을 돌렸다. 그러자 혼절해서 쓰러져 있는 망자 무리 중에서 누군가가 천천히 고개를 들고 있었다.

시황이 죽었지만 정신 조종이 풀렸을 뿐 망자들의 목숨이 모두 끊길 리는 없다.

"아미타불."

소림 방장은 항마도 자루로 다시 손을 가져갔다.

그런데 무언가 이상했다. 몸을 일으킨 자는 환관도 궁녀도 아니라 만련영생교의 신도처럼 보이는 흑의인이 아닌가?

흑의인이 천천히 고개를 돌려 소림 방장을 봤다.

번쩍!

순간 두 눈이 붉은 안광을 뿜어냈다. 이어서 흑의인이 입을 열었다.

"…이제 믿겠는가?"

그의 목소리를 들은 찰나 무림맹의 원로로 온갖 괴이한 일을 겪은 소림 방장조차 신음성을 흘릴 수밖에 없었다.

"설마……."

"이제 알겠는가? 짐은 죽지 않는다고 하지 않았느냐? 으하하하하!"

혹의인이 광소를 터뜨렸다.

오만하게 웃는 목소리, 옷자락을 뒤로 젖히는 동작, 턱을 치켜든 채 도도하게 아래를 내려다보는 자세.

틀림없었다.

혹의인은 부활한 시황이었다…….

도저히 믿기지 않는 장면.

소림 방장의 마음이 눈앞의 광경을 인정하지 않았으나 몸은 반사적으로 움직였다. 그가 몸을 날려서 항마도를 휘둘렀다.

촤악!

혹의인은 역습을 가하기는커녕 이렇다 할 반응도 못한 채 항마도에 목이 떨어졌다. 엄청난 무공 고수였던 시황에 비해 혹의인의 최후는 보잘것없었다.

소림 방장은 멍하니 혹의인의 사체를 쳐다봤다.

혹의인은 분명 시황의 혼백을 가지고 있었다. 단지 육체는 무공을 모르는 일반인에 불과했지만.

그런데 혹의인의 목뒤에서 무언가가 반짝이고 있었다.

저게 대체 뭐지?

그러고 보니 시황의 목에도 무언가가 빛을 반사하여 반짝이던 것이 기억났다.

소림 방장은 몸을 숙여서 시황과 혹의인의 목을 조사했다.

…둘의 목뒤에 정체를 알 수 없는 침이 박혀 있었다.

침은 베어진 목의 단면 밖으로 삐져나올 만큼 기다랬다. 또한 톱날처럼 굴곡이 심하고 요철이 나 있는 것으로 보아 평범한 침이 아닌 게 분명했다.

문득 뇌리를 스치는 생각.

시황이 죽는 순간 저 침이 꽂힌 자에게 그의 혼백이 전해지는 것인가?

그런 기괴한 일이 세상에 존재할 수 있을까? 하지만 기괴하기로 치면 사람들이 혈선충에 감염되어 망자라 되는 것이 더하지 않은가?

소림 방장은 자기 모르게 읊조렸다.

"아미타불."

그때였다.

"하하하하하……."

어디선가 희미하게 웃음소리가 들려왔다. 내력이 심후한 소림 방장이 아니라면 들을 수 없을 만큼 작은 소리.

정신이 번쩍 든 소림 방장은 웃음소리가 들린 동혈 속으로 몸을 날렸다.

타앗!

순식간에 어둠 속을 삼십여 장 가까이 달렸다. 하지만 곧 갈림길이 나오면서 동혈 속은 복잡하게 얽힌 미로로 변해 버렸다.

절정 고수에게 멀리서 바늘 떨어지는 소리를 알아차리는

것쯤은 문제도 아니다.

그러나 소리가 동굴 벽면에 수십, 수백 번이 넘게 반사되는 통에 웃음소리의 근원을 예측할 수 없었던 것이다.

그때 웃음소리가 다시 들렸다.

"하하하, 으하하하하……."

마치 소림 방장을 비웃듯이 벽면에 반사되어 들리는 소리.

진문은 소림사 행렬을 급습한 만련영생교 신도들이 백여 명을 넘는다고 보고했었다. 공터에서 목을 벤 흑의인이 바로 그 신도 중 하나이리라.

그렇다면…….

평생 어떤 위기에 닥쳐도 온화한 웃음을 잃지 않던 소림 방장.

그런 그가 양미간을 심하게 구기며 침을 삼켰다.

꿀꺽.

흑의인들을 모두 죽이지 않는 이상 시황은 계속해서 되살아나리라.

시황의 목을 베는 데 성공한 소림 방장.

하지만 시황이 죽는 순간 흑의인에게 혼백이 옮겨 갔다. 둘의 목뒤에 꽂혀 있는 기이한 침이 혼백을 전하는 수단으로 여겨졌다.

진문은 보고에서 만련영생교의 흑의인들이 백여 명을 넘는다고 했다.

그렇다면…….

앞으로 시황이 백 번 넘게 죽더라도 다시 되살아날 거라는 뜻이 아닌가?

소림 방장은 침을 삼키며 침음했다.

이번 잠행의 목표는 시황을 제거해서 만련영생교의 음모를 막는다는 것이다.

그러나 만련영생교를 모두 처치하지 않는 이상 시황은 죽일 수 없다. 망자들을 조종하는 시황을 죽이면 모든 일이 마무리 될 줄로 알았던 것은 착각에 불과했다.

흑의인들을 한 명도 남김없이 처단해야 한다.

하지만 대체 무슨 수로?

일 조는 소림 방장이 시황을 찾도록 망자들을 유인하는 임무를 이미 완수했다.

이 조는 지하 황궁으로 탈출하는 길을 뚫으며 최대한 많은 수의 망자를 척살하고 있으리라. 당문삼독의 독공 때문에 가능한 전략이었다.

그럼 삼 조는?

삼 조의 무공 능력은 일 조와 이 조에 비해 낮다고 할 수 없으나 잠행은 달랐다.

정체가 불분명하니 실력을 입증한 무명. 이미 흑랑성을 잠행한 경험이 있는 임윤과 편복선생. 게다가 타인의 생각을 읽는 이강까지.

잠행만큼은 삼 조가 다른 조보다 한 수 위일 터.

"그들을 믿을 수밖에 없는가?"

동혈 속은 시간이 지날수록 망자 떼가 득시글거렸다. 무작정 잠행에 나섰다가는 미로를 헤매다가 망자들에게 포위되고 말리라.

그나마 모든 동혈이 한곳으로 통한다는 점이 다행이었다.

지하 도시에 존재하리라고는 믿을 수 없을 정도로 광활한 곳, 지하 황궁.

"부디 삼 조가 흑의인들의 동향을 조사했기를. 아미타불"

소림 방장은 한마디를 읊조린 뒤 어둠 속으로 몸을 날렸다.

광명좌사는 나한진을 깨뜨리며 진명에게 검상을 입혔다.

나한진은 여섯 명이 한 몸처럼 움직여야 펼칠 수 있다. 결국 진문은 후퇴를 명령할 수밖에 없었다.

"모두 퇴각한다!"

그나마 진명이 목숨을 잃지 않은 게 다행인 상황.

진문은 혼절한 진명을 등에 업고 동혈을 달렸다. 남은 소림승 중 두 명은 앞에 나서서 길을 열었고 두 명은 후미를 지키며 달려드는 망자들을 처치했다.

망자들은 끝도 없이 어둠 속에서 나타나 덤벼들었다.

키에에엑!

소림승들이 정신없이 항마도를 휘두르고 내려쳤다.

부웅부웅, 퍽퍽퍽!

하지만 망자들은 새로 갈림길이 나올 때마다 어디에서 나타나는지 꾸역꾸역 몰려왔다. 하나를 처치하면 서넛이 더해지니, 아무리 항마도를 휘둘러도 쪽수에는 당해낼 도리가 없다.

진문은 결정을 내렸다.

더는 이대로 망자들을 상대할 수 없다. 시간을 버는 것은 여기까지. 게다가 중상을 입은 막내 진명은 절대 안정이 필요했다.

그가 고개를 돌려 후미에 선 진공을 봤다.

"진공."

"네, 사형."

둘의 시선이 교차하자 진공이 고개를 끄덕였다.

"오너라, 이 괴물들아!"

진공이 함성을 지르며 몸을 돌렸다. 그리고 항마도를 든 채 우뚝 서서 몰려오는 망자들을 정면으로 맞섰다.

그때 광명좌사는 도마뱀처럼 몸을 거꾸로 한 채 천장을 밟고 달려오고 있었다.

타타타탓!

"하하하! 한 놈을 희생시키고 나머지가 살겠다는 작전이냐? 과연 생명을 중히 여기는 불가 놈들답구나!"

진공이 그의 비아냥을 맞받아쳤다.

"괴물 주제에 말이 많군! 어서 땅으로 내려와 이 항마도를 받아라!"

"싫다면? 네놈이 이리 올라오지 그래?"

말과는 달리 광명좌사가 진공을 향해 몸을 날렸다.

휘익!

그가 허공에서 몸을 날리는 게 소림승들이 달리는 것보다 빠를 정도로 엄청난 속도.

그러나 진공은 급습을 예측하고 있었는지 땅을 박차며 뒤로 몸을 날렸다. 그가 도발한 것은 광명좌사를 끌어들이기 위한 미끼인 셈이었다.

그때 진공이 무언가를 바닥을 향해 던졌다.

천장에서 내려온 광명좌사가 발을 디딜 바로 그곳으로.

철썩.

망자와 닿으면 절대 떨어지지 않는다는 부적이 땅에 붙었다. 이어서 진공이 또 한 장의 부적을 앞으로 투척했다.

잠행조가 갖고 있는 가장 강력한 대 망자용 무기, 폭혈화부.

폭혈화부가 막 땅에 떨어진 부적을 밟으려는 광명좌사의 가슴팍을 향해 날아갔다.

진공은 성공을 직감했다.

"죽어라, 이 괴물아!"

하지만 광명좌사의 무공 수위는 진공의 예상을 까마득히

빗나갔다.

광명좌사의 발이 부적 위의 한 치 떨어진 곳을 밟더니 그
의 신형이 다시 공중으로 솟구치는 것이 아닌가?

스스스스!

중원 무림 경신법의 최고 경지 허공답보.

말로만 듣던 허공답보를 직접 눈으로 목격하자 진공의 입이
떡 벌어졌다.

그러나 진공도 숱한 강호행을 거치며 산전수전을 겪은 십
팔나한이었다. 놀라는 중에도 그는 몸을 돌려서 도주했고, 그
반사적인 행동이 자신의 목숨을 구했다.

또한 광명좌사는 놓쳤으나 사형 진문이 내린 임무를 절반
은 완수했다. 광명좌사가 부적을 피하자 뒤따르던 망자 하나
가 정통으로 부적을 밟아버렸던 것이다.

동시에 망자의 가슴팍에 폭혈화부가 날아와서 붙었다.

"키이이익……."

혼백이 없는 혈귀였으나 자신의 죽음을 직감했는지 신음성
을 흘렸다.

곧 망자의 전신이 시뻘건 공처럼 부풀어 오르더니 굉음을
내며 폭발했다.

퍼어엉!

조각조각 흩어진 살점과 핏물이 분수처럼 동혈 속에 쏟아
졌다. 쏴아아아! 그리고 막무가내로 달려들던 망자들이 핏물

세례를 받아 연쇄 폭발을 일으키기 시작했다.

퍼퍼퍼펑!

동혈 속은 삽시간에 생지옥이 되었다.

그때 광명좌사는 박쥐처럼 거꾸로 천장에 매달린 채 멀리서 폭발을 지켜보고 있었다.

"겁도 없이 잠행을 했다 싶더니 숨겨둔 수가 있었군."

그가 양미간을 구기며 중얼거렸다.

"게다가 기척을 숨기는 부적까지 있나 보군."

연쇄 폭발 하는 망자들로 피바다가 된 동혈은 이제 통과하지 못하리라. 그럼 길을 한참 돌아가야 되고, 그동안 소림승들은 멀리 도망쳐서 자취를 감추리라.

그러나 광명좌사는 피식 웃음을 흘렸다.

"기척을 숨기는 부적? 좋다. 그럼 피 냄새는 대체 어찌할 셈이냐?"

그의 말대로였다.

소림승들이 도주한 동혈의 바닥에는 진명이 흘린 피가 붉은 자국을 길게 남기며 이어지고 있었던 것이다.

광명좌사가 소림승들을 비웃고 있을 때.

진문도 진명이 핏자국을 남긴 사실을 잘 알고 있었다.

제갈세가의 부적은 산 자의 기척과 냄새를 지운다. 하지만 땅바닥에 흘려서 이어지는 핏자국까지 숨길 수는 없는 법 아닌가.

피 냄새를 완전히 지우고 은신하기 위해서는 진명을 눕히고 지혈해야 했다. 그러나 광명좌사와 망자들이 피바다로 변한 동혈을 피해 길을 돌아온다면?

따라잡히는 것은 시간문제이리라.

도리가 없군. 진문은 생각했다. 지금은 치료보다 빠르게 후퇴하는 게 더욱 중요했다.

망자 떼는 얼마든지 상대할 수 있었다. 그러나 소림 방장급 고수 광명좌사는 일 조 여섯 명으로는 상대할 방법이 없었다.

그나마 한 명이 중상을 입어 싸우기는커녕 몸을 가누지 못하는 상황이니…….

"사형, 이제 어떻게 할 셈이오?"

"……."

진공의 물음에 진문은 한참 동안 대답을 못 했다.

그러다가 결정을 내리고 말했다.

"팔 층 전각으로 간다."

지하 황궁의 팔 층 전각. 잠행조가 최악의 경우 탈출하는 마지막 비상구.

즉, 일 조는 더 이상 작전을 수행하지 못한다는 뜻.

진문은 품에서 제갈성이 건넨 연락부를 꺼낸 뒤 망설임 없이 찢어버렸다.

쫘악.

일 조. 작전에서 이탈.

소극상과 당백기의 지주사전. 당청의 금룡편. 그리고 정결 사태의 마무리.

네 고수의 합공이 거구의 괴인 광명우사를 쓰러뜨렸다.

그러나 위기는 계속됐다. 망자들이 끝도 없이 건물 위로 꾸역꾸역 올라왔던 것이다.

그때 뜻하지 못한 상황이 발생했다.

망자들이 벼락을 맞은 것처럼 제자리에 멈춰서 꼼짝 못 하는 것이 아닌가?

이 조 일행은 망자들을 피해서 팔 층 전각으로 퇴각했다.

장청이 물었다.

"망자들이 왜 동작을 멈춘 걸까?"

당호가 어깨를 으쓱하며 대답했다.

"저인들 알겠습니까? 단지 하나, 가능성 있는 일은 있죠."

"그게 뭐지?"

"시황이란 자가 죽었을 경우입니다."

"정말? 그럼 일 조가 작전에 성공한 걸까?"

"충분히 가능합니다. 시황이 죽어서 정신을 조종하는 자가 사라지면 망자들이 통제를 잃을 테니까요."

둘은 일말의 가능성을 떠올리고 미소 지었다.

그러나 기대는 보기 좋게 무너졌다.

곧이어 목인상처럼 굳어 있던 망자들이 이 조 일행 쪽으로 일제히 고개를 돌렸던 것이다.

키에에엑!

망자들이 다시 날뛰면서 이 조를 추격하기 시작했다.

당청이 당호에게 물었다.

"어찌 된 것이냐? 명령자가 죽으면 망자들이 정신을 놓는다고 하지 않았느냐?"

"그게… 저도 잘 모르겠습니다."

당호도 영문을 모르겠다는 듯 고개를 갸웃거리며 대답했다.

그때 무사가 나직한 목소리로 말했다.

"자세한 상황은 모르나 시황을 죽이는 데 실패했다는 뜻이 아닐까요?"

"뭐라고?"

당청이 날카롭게 반문했다.

"일 조와 소림 방장이 실패했다는 뜻이냐? 그럴 리가 없다!"

"눈앞의 상황은 나아진 게 없습니다."

"으음……."

당청도 더는 화를 못 내고 입을 다물었다.

그도 그럴 것이 무사의 말을 부인할 수가 없었다. 어느새 지하 황궁의 거리가 몰려든 망자들로 가득 메워졌기 때문이다.

망자들은 지붕을 타고, 또는 골목을 통과하며 이 조를 쫓아왔다. 무사의 말이 옳았다. 시황이 죽었든 아니든 지하 황궁 상황은 하나도 달라지지 않은 것이다.

수백, 아니, 수천 명이 넘는 망자들이 밀려오는 파도처럼 뒤쫓아왔다.

하지만 당청은 금세 여유를 되찾았다.

"어쨌든 우리 이 조의 임무는 완수했다."

그녀가 일행을 독려하며 말했다.

"시황 처치는 소림 방장과 일 조에게 맡긴 것. 우리는 팔 층 전각의 퇴로를 확보하고 망자들을 박멸하면 그만이다."

건물 밑으로 내려갔다가는 꼼짝없이 망자들에게 포위될 상황.

이 조 일행은 지붕에서 지붕을 건너뛰며 팔 층 전각을 향해 도주했다.

지하에 펼쳐진 드넓은 황궁.

팔 층 전각은 황궁의 중심에 위치해서 지붕까지 끝이 닿아 있었다.

곧 이 조는 팔 층 전각에 도착했다.

당호가 소리쳤다.

"됐습니다! 전각 꼭대기로 나가면 지상의 황궁으로 연결됩니다!"

그때였다.

전각의 이 층 처마가 뒤흔들리더니 거대한 그림자가 옆에서 돌아 나왔다.

쿠웅, 쿠웅, 쿠웅.

일행은 그만 입을 딱 벌리고 경악하고 말았다.

그림자의 정체는 광명우사였다. 그런데 일행이 놀란 이유는 단지 그것 때문은 아니었다.

광명우사는 정결사태에게 허리가 절단되어서 하반신이 없는 채로 이 조를 추격해 왔던 것이다!

그는 양발이 없는 대신 양손을 내려서 다리 대신으로 걷고 있었다.

이어서 또 하나의 그림자가 전각의 반대편에서 돌아 나왔다. 쿠웅, 쿠웅. 이번에 나타난 그림자는 다름 아닌 광명우사의 하반신이었다.

두 몸체를 따로따로 움직여서 이 조를 쫓아온 광명우사.

이 조 일행은 아연실색해서 할 말을 잃었다.

몸통을 두 동강 냈다고 망자를 죽였을 거라 안심하지는 않았다. 그러나 몸체를 연결하는 시간을 아끼면서 추격하는 적이 있으리라고 강호의 그 누가 상상이나 하겠는가?

광명우사가 웃음을 흘리며 말했다.

"흐흐흐, 뭘 그렇게 놀라지? 망자 처음 보냐?"

장청이 말했다.

"당장 도망쳐야 합니다. 저놈이 몸통을 붙이면 끝장입니다."

그의 말도 일리가 있었다.

몸통이 분리된 채 두 팔과 두 다리만으로 일행을 따라잡은 광명우사가 혈선충을 써서 몸통을 붙인다면? 그와 싸우는 동안 팔 층 전각은 망자 떼로 뒤덮이리라.

전각마저 망자에게 포위된다면 끝장이었다.

그러나 당청은 일언지하에 장청의 말을 잘랐다.

"아니. 우리는 일 조와 삼 조를 기다린다."

지하 황궁의 거리를 가득 메우다시피 한 망자 떼.

망자들이 괴성을 지르며 끊임없이 팔 층 전각을 향해 몰려들었다.

제갈세가의 부적이 있는데 망자들이 산 자의 기척을 놓치지 않고 쫓아온다? 그게 뜻하는 것은 하나였다. 시황이 죽지 않은 채 망자들의 정신을 조종하는 것이리라…….

장청이 다급하게 말했다.

"당장 도망쳐야 됩니다! 포위되면 끝장입니다!"

하지만 당청은 비웃음을 날리며 그를 무시했다.

"훙! 망자가 무서우냐?"

"그건 아니지만……."

"우리는 여기서 일 조와 삼 조를 기다린다."

"지하 도시의 탈출로는 이곳 말고도 많습니다. 다른 조는 그곳으로 나가지 않을까요?"

"일 조와 삼 조가 지하 황궁으로 오지 않는다는 보장이라도 있느냐?"

"네?"

"우리는 망자들을 해치우면서 최대한 시간을 벌 것이다. 탈출은 최후의 순간에 한다."

당청은 더 이상 들을 필요도 없다는 듯 몸을 돌렸다. 그러더니 당호에게 고개를 돌리며 말했다.

"창천칠조라고 했느냐? 이번 잠행이 끝나면 그만두어라."

"예……."

"동료 목숨을 생각하지 않는 자와 같이 다니면 당문의 이름에 먹칠할 뿐이니까."

당청의 단호한 말에 당호와 장청은 입을 다문 채 아무 말도 꺼내지 못했다.

광명우사가 실소하며 말했다.

"흐흐흐, 이 몸을 앞에 두고 후기지수 단속이라? 사천당문 놈들은 겁이 없구나."

당청이 싸늘한 목소리로 대답했다.

"잘 알고 있군. 당문의 인물은 세 살배기 어린애도……."

순간 그녀의 신형이 자리에서 사라졌다.

"겁이 없지!"

팟!

그녀의 신형이 어느새 공중 높이 떠올랐다. 동시에 손에서 비전 병기인 금룡편이 광명우사를 향해 출사되었다.

좌르르르!

광명우사가 몸통을 다시 붙이기 전에 선수를 친 기습 공격.

광명우사의 대응도 만만치 않았다. 양팔을 구부렸다가 펴면서 허공으로 튀어 오르자 금룡편은 목표를 잃고 처마를 강타했던 것이다.

콰앙!

"몸통이 반쪽이라 빠르구나!"

당청이 오만하게 비아냥거리며 재차 금룡편을 날렸다.

그때 등 뒤에서 처마가 울리는 소리가 났다.

쿵쿵쿵쿵!

광명우사의 하체가 당청을 향해 질주해 오는 것이 아닌가?

상체가 없는 하체가 두 다리를 놀려서 달려오는 모습. 강호의 어떤 괴담도 이보다 더 모골이 송연하지 않으리라.

당청이 몸을 뒤집으며 손을 뻗자 금룡편이 날아가 하체의 다리에 칭칭 감겼다.

"하아앗!"

그녀가 손목을 튕기며 금룡편을 끌어당겼다. 촤라락! 칼날이 박힌 채찍이 살점과 핏물을 흩뿌렸다. 보통 사람이었다면 뼈가 통째로 절단 났을 공격.

그러나 금룡편도 광명우사의 굵은 다리통을 끊어내지는 못했다.

광명우사의 하체가 그대로 질주하더니 멀쩡한 발로 당청의 옆구리를 걷어찼다.

부웅!

수백 년을 산 고목도 단박에 꺾어버릴 각법.

획! 당청은 가까스로 몸을 날려서 각법을 피했다. 콰아앙!
광명우사의 발이 기왓장을 박살 내며 처마를 뚫어버렸다.

"이런 말도 안 되는……."

냉철한 당청마저 그 장면에 혀를 내두르며 중얼거렸다.

"말이 안 돼? 천하의 당문이 약한 소리를 내뱉는구나!"

광명우사의 상체가 원숭이가 뛰는 것처럼 양팔을 번갈아서
처마를 짚으며 달려왔다.

타타타탓!

채찍 병기는 멀리 있는 상대에게 무적이다. 반면 상대가 가
까이 접근하면 채찍을 쓸 거리가 나오지 않는다. 때문에 채찍
의 고수는 상대와의 거리 유지를 무엇보다 중시했다.

지금이 채찍 고수가 가장 꺼리는 상황이었다.

당청이 미처 채찍을 회수하기 전에 광명우사의 상체가 몸
을 던지며 달려들었던 것이다.

강호인의 상식으로는 광명우사는 양팔을 다리처럼 써서 뛰
었기 때문에 공격할 수단이 없어야 했다. 하지만 그의 초식은
상식을 벗어났다.

부웅!

광명우사가 허리를 뒤로 젖혔다 앞으로 튕기며 박치기를 날
렸다.

"빌어먹을!"

당청이 욕설을 내뱉으며 급히 몸을 젖혔다. 몸을 수평이 되게 눕히는 철판교의 수법.

그런데 박치기가 끝이 아니었다. 광명우사가 미친 듯이 아가리를 물고 벌리며 당청을 물어뜯으려고 했다.

딱딱딱딱!

동시에 하체가 처마에 박힌 발을 뽑더니 재차 몸을 날리려고 무릎을 굽혔다.

정결사태에게 몸통이 두 동강 난 광명우사.

하지만 그는 전투 불능에 빠지기는커녕 오히려 더욱 강해졌다. 상체와 하체가 연이어 펼치는 기괴한 공세. 마치 한 몸처럼 움직이는 두 고수가 합공을 펼치는 셈이 아닌가?

사천당문의 고수이자 숱한 강호행을 겪은 당청.

그녀마저 광명우사의 기이한 연속 공격에 당황하며 대처법을 찾지 못했다.

그러나 당문의 고수는 그녀 하나가 아니었다.

피이잉!

두 줄의 사슬이 날아와 광명우사의 양 손목을 칭칭 감아서 포박했다. 당청이 위기에 처한 찰나 소극상과 당백기가 지주사전을 발사한 것이었다.

"누님, 피하십시오!"

하지만 당백기의 말이 끝나기도 전에 광명우사의 하체가 달려들었다.

부우우웅!

하체가 두 발을 쫙 벌리더니 풍차처럼 빙빙 돌면서 소극상과 당백기에게 날아왔다.

당문의 두 고수는 좌우로 몸을 날려서 공격을 피했다. 그러나 그 바람에 사슬의 반대쪽을 재차 발사해서 지붕에 박는 절차를 놓치고 말았다.

"으하하하하!"

광명우사가 사슬이 감긴 양손을 높이 치켜들었다가 내려쳤다.

콰앙콰앙콰앙!

기왓장이 박살 나고 벽면이 쩍쩍 갈라졌다. 사슬이 고정되지 않자 오히려 그가 채찍 두 개를 휘두르는 셈이 되어버린 것이다.

당호가 양미간을 구기며 중얼거렸다.

"지주사전의 사슬은 실처럼 가늘지만 절대 끊어지지 않습니다. 저걸 맞으면 살갗이 아니라 뼈가 절단 날지도 몰라요."

당청, 소극상, 당백기는 진땀을 흘리며 광명우사의 공격을 피했다.

그때 공중 높은 곳에서 한 점의 빛이 떨어졌다.

휙!

어느새 전각 위층으로 뛰어오른 정결사태가 검을 뽑고 수직으로 강하한 것이었다.

"흐어업!"

스팟!

검광이 번쩍이는 순간 광명우사의 하체가 두 다리로 나뉘어서 갈라졌다. 쩍!

탁. 처마 위에 사뿐히 착지한 정결사태가 냉랭하게 말했다.

"감히 괴물 따위가 명문정파를 업신여기다니!"

아무리 죽지 않는 망자의 몸뚱이라고 해도 다리 한 쪽씩 남아서는 걸을 수 없었다. 광명우사의 두 다리는 서로에게 가려고 비틀거리다가 균형을 잃고 처마 밑으로 떨어졌다.

처마 위에 남은 광명우사의 상체가 크게 고함을 질렀다.

"이놈들이 진짜!"

그때 금룡편이 날아와 그의 목을 휘감았다. 좌르르륵!

"네 상대는 나다."

삼 조는 간신히 망자들의 포위망에서 벗어났다.

남은 행선지는 하나.

팔 층 전각이 있는 지하 황궁.

무명은 출구 폭파를 포기하고 지하 황궁을 향해 도주하기로 결정했다.

송연화도 무명의 명령에 수긍하며 말했다.

"이렇게 된 이상 지상으로 나가서 만련영생교보다 육룡채에 먼저 도착해야겠군요."

"그렇소."

팔 층 전각을 통해 지상으로 나간 뒤 육룡채에 있을 지하 도시 출입구를 찾아서 폭파한다.

그것이 잠행의 별동대 격인 삼 조가 완수해야 할 새 임무였다.

하지만 송연화는 걱정이 되는 눈치였다.

"최근 황상께서 모든 금위군을 내원에 두고 있어요. 팔 층 전각으로 나가면 이전처럼 청성에게 잡히게 될 거예요."

"그럼 다른 방법이라도 있소?"

"……."

무명의 말에 송연화는 대답 못 하고 침음했다.

이전 잠행에서 송연화와 이강은 팔 층 전각으로 나간 뒤 금위군에게 붙잡혀서 고초를 겪었다. 금위군의 숫자가 더욱 늘어난 이상, 잠행조가 나가자마자 붙들릴 일은 불 보듯 뻔했다.

송연화가 입술을 질끈 깨물며 말했다.

"청성이 무림맹의 일을 남 일처럼 보지는 않겠죠. 황궁이 망자 판이 될지도 모르는데."

그때 이강이 킬킬거리며 끼어들었다.

"지금 무당파 놈을 걱정할 때가 아니다."

그가 검지를 들어 동혈 속에 난 갈림길을 가리켰다.

키에에엑!

어둠 속 멀리에서 망자들의 거친 숨소리가 들렸다. 망자들이 삼 조의 뒤만 따라오는 게 아니라 좌우에서, 아니, 사방에 난 갈림길을 통해 몰려들고 있는 것이었다.

"대체 산 자의 기척을 어떻게 읽는 거죠?"

"지금 그건 중요하지 않소."

무명이 일언지하에 잘라 말했다.

"이대로 가다간 팔 층 전각까지 가기 전에 포위될 것이오."

곧 숨소리만 들리던 동혈 속에서 망자들의 붉은 눈빛이 하나둘 떠오르기 시작했다.

"정영, 임윤, 활로를 여시오."

무명은 망자 처치에 특화된 둘을 선두로 보냈다. 이어서 송연화에게 말했다.

"연화, 폭혈화부를 준비하시오."

"좋아요."

정영과 임윤이 선두로 뛰쳐나갈 때, 무명과 송연화는 몸을 돌려서 부적 투척을 준비했다.

"망자의 발을 묶는 부적과 함께 던지시오."

"알았어요."

둘은 품에서 부적을 꺼낸 다음 각각 다른 동혈 속으로 던졌다. 망자의 몸과 접촉하면 떨어지지 않는 부적. 곧 달려오던 망자들이 부적을 밟고 바닥에 발이 붙어버렸다.

"지금이오."

바닥에서 꼼짝 못 하는 망자를 향해 둘이 폭혈화부를 던졌다.

스스스스. 종잇장에 불과한 폭혈화부는 내력이 실리자 암기처럼 날아가 망자의 가슴팍에 철썩 붙었다.

"키이이익?"

망자가 가슴으로 고개를 내린 순간 폭혈화부가 시뻘겋게 달아오르며 망자를 폭파했다.

퍼엉퍼엉!

폭발은 그것으로 그치지 않았다. 쏟아지는 핏물 분수 속으로 망자들이 꾸역꾸역 몰려들었고 연쇄 폭발이 연이어서 일어났다. 퍼퍼퍼펑!

순식간에 피바다가 되어버린 동혈.

그런데 망자 하나가 미처 폭발하기 전에 피바다 속을 건너서 송연화에게 달려들었다.

송연화가 일검에 망자의 목을 베었다. 촤악! 하지만 목이 날아가면서 뿜어낸 핏물 한 방울이 그녀의 어깨에 떨어지고 말았다.

치지지직…….

핏물이 금세 옷을 녹이며 살 속을 파고들었다.

"으윽!"

무명이 그녀의 허리에 손을 두르며 부축했다.

"괜찮소?"

"…괜찮아요. 큰 화상은 아니에요."

핏방울이 작았던 게 그나마 다행이었다. 만약 핏물 세례를 통째로 뒤집어썼더라면 장청보다 더한 화상을 입었으리라.

그래도 피해를 감수하며 폭혈화부를 쓴 덕분에 뒤쪽의 동혈이 틀어막혔다. 독혈로 변한 핏물이 바닥에 고이면서 망자들이 건널 수 없는 웅덩이를 만들었던 것이다.

앞에 난 갈림길에서 하나둘 튀어나오는 망자들은 정영과 임윤이 일검에 처치하고 있었다.

활로가 뚫린 상황.

무명은 송연화를 부축하며 일행을 향해 몸을 돌렸다.

그때 구석진 곳의 어둠 속에서 망자 하나가 튀어나왔다.

키에에엑!

무명은 깜짝 놀라 고개를 돌렸지만 손을 쓸 수가 없었다. 하필 오른팔을 송연화의 허리에 두르고 부축하고 있었으니까…….

"조심해요!"

송연화가 검을 뻗었다. 그러나 망자와 그녀 사이에 무명이 있었고, 오른팔은 독혈을 맞아 부상당한 터라 도중에서 멈칫하며 검을 제대로 뻗지 못했다.

망자가 입을 쩍 벌리며 무명의 목을 물어뜯었다.

"무명!"

순간 망자의 등이 기슭 엄(厂) 자처럼 꺾이면서 뒤로 날아갔다.

펑!

그대로 돌벽에 등을 부딪친 망자는 바닥에 쓰러지더니 일어서지 못했다. 숨통이 끊어지지는 않았겠지만 잠시 몸을 가누지 못할 만큼 충격을 받은 것이다.

망자를 벌레처럼 튕겨 버린 것은 무명이 왼손으로 출수한 벽공장이었다.

송연화가 깜짝 놀라며 말했다.

"무명, 대단하군요… 언제부터… 다시……."

무언가 이상했다. 그녀의 목소리가 점점 느려지는가 싶더니 귓가에 들리지 않을 만큼 흐릿하게 줄어드는 것이 아닌가?

동시에 격심한 통증이 머리와 목뒤를 강타했다.

쿠웅!

무명이 고통을 참지 못하고 양미간을 찡그릴 때였다.

어둠 속에서 또 한 명의 망자가 나타나서 무명에게 달려들었다.

그런데 망자의 움직임이 물속을 허우적대는 것처럼 느려 터진 것은 물론, 괴성까지 느릿느릿하게 들리는 것이었다.

키에에… 에에…….

순간 무명의 귓가에 정체 모를 목소리가 울러 퍼졌다.

[눈은 기억한다.]

쿠웅!

격심한 통증과 함께 머릿속에 정체불명의 목소리가 울려 퍼졌다.

[눈은 기억한다.]

무명은 양미간을 심하게 구겼다. 또인가? 이매망량에게 세뇌받았던 후유증이 하필 지금 재발하다니…….

후유증이 터진 이유는 벽공장 때문이리라.

내공 진기를 운용할 때마다 되풀이되는 통증. 그리고 전음처럼 머릿속을 울리며 들려오는 정체불명의 목소리.

때문에 함부로 내공 진기를 쓰지 않도록 조심했다.

그런데 망자가 갑자기 튀어나오는 바람에 자기도 모르게 십성의 공력을 실어서 벽공장을 출수했던 것이다.

도대체 영문을 알 수 없었다.

난쟁이 흑소귀를 시켜서 목뒤에 꽂힌 백령은침을 빼내지 않았는가? 하지만 이매망량의 세뇌는 여전히 육신을 옭아매고 있는 것이다.

게다가 하필 이런 위기 상황에서 후유증이 터지다니.

그런데 무언가 이상했다.

어둠 속에서 달려드는 망자의 움직임이 점점 느려지더니 어느 순간 아예 멈춰선 것처럼 보이는 게 아닌가?

게다가 괴성까지 길게 이어지며 들렸다.

키에에에에… 에에…….

마치 시간이 정지된 것 같은 장면.

문득 시선을 돌리자 옆에 있는 송연화가 다급히 몸을 돌리며 검을 뽑고 있었다. 시간이 정지한 것은 아닌지 그녀의 신형은 분명 움직이고 있었다.

하지만 아주 천천히, 간신히 눈에 보일 만큼 조금씩 움직였다.

그제야 무명은 어떤 상황인지 깨달았다.

시간이 멈춘 것이 아니었다. 송연화와 망자들이 느리게 움직이고 있을 뿐이다.

아니, 아니다.

송연화와 망자들이 느려진 것이 아니라 자신의 감각이 빨라진 것이라면?

무명은 시험 삼아 망자의 가슴팍을 향해 일장을 뻗었다.

스윽. 손은 정상적으로 움직였다.

다음 순간 벽공장이 터지며 망자의 몸이 멀리 어둠 속으로 날아갔다.

퍼어… 어엉… 키에에… 에엑…….

짐작대로였다. 벽공장의 파공음, 망자의 괴성, 망자가 날아가는 속도까지 모두 꿈속에서 보는 것처럼 느릿느릿 이어졌다.

이제 알 수 있었다. 망자가 느려진 것이 아니라 자신이 엄청나게 빠른 속도로 움직이고 있다는 것을.

그때 송연화의 목소리가 조금씩 빨라지더니 원래의 속도를 되찾았다.

"대단… 하군요, 무명… 언제부터 다시 무공을 쓸 수 있게 된 거죠?"

그녀는 말을 끝내다가 눈 깜짝할 사이에 바로 앞에서 날아가 버린 망자를 봤는지 입을 딱 벌렸다.

"대체 어떻게 한 거예요? 당신 모습이 갑자기 사라진 것처럼 보였어요."

그녀가 놀라는 것도 당연했다.

"나도 모르겠소."

무명은 그렇게 대답할 수밖에 없었다. 자신도 무슨 일이 벌어진 건지 알 수 없으니까.

그때 앞쪽에서 이강이 말했다.

"지금 둘이 노닥거릴 때가 아니다, 후후후."

정신이 번쩍 들었다.

이강의 말이 옳았다. 폭혈화부를 써서 망자들의 진입을 잠시 막은 상황. 그러나 망자들은 곧 다른 갈림길을 찾아 일행을 추격해 올 것이다.

만약 망자들이 일행의 앞을 막는다면… 앞은 망자 떼, 뒤는 독혈 웅덩이가 되리라.

"갑시다."

무명과 송연화는 서로 시선을 교환한 다음 일행의 뒤를 따라 달리기 시작했다.

그런데 동혈의 어둠 속에서 둘을 지켜보는 그림자가 있었다.

그림자는 무명이 벽공장을 출수하는 모습을 흥미롭게 지켜봤다. 무공 고수의 눈에도 보이지 않는, 인간 신체의 굴레를 벗어난 속도.

틀림없었다. 예언이 실현된 것이다.

그렇다면 이제 최후의 임무를 행할 차례였다.

…무명이란 자의 존재를 없애는 것.

그림자는 동혈 속에 난 갈림길로 몸을 날렸다.

방금 삼 조가 들어간 곳과는 다른 길. 그러나 그들을 앞질러서 지하 황궁에 먼저 도착할 수 있는 지름길이었다.

당청이 광명우사의 목을 향해 금룡편을 날렸다.

"이 개년이!"

광명우사가 양손을 들어서 목이 묶이는 것을 막으려고 했다.

그런데 금룡편이 공중에서 둥근 호를 그리며 느릿느릿 날아오더니 광명우사의 목과 양손을 함께 포박해 버리는 것이 아닌가?

쏴르르륵!

무공 초식은 빠르면 빠르게 펼칠수록 좋다는 것이 강호의 상식이다.

그러나 당청은 상식의 틀을 벗어났다.

그녀는 상체만 있는 광명우사의 약점을 순간적으로 파악했다. 그리고 일부러 금룡편이 날아드는 속도를 느리게 만들어서 그의 목과 양손을 동시에 묶어버린 것이었다.

광명우사가 입을 쩍 벌려서 금룡편을 물었다.

덥썩!

턱주가리가 양옆으로 움직이며 금룡편을 씹었다. 와지지직! 그는 금룡편의 칼날이 입가에 박히는 것을 무시한 채 채찍을 끊어버리려고 안간힘을 썼다.

하지만 당청이 금룡편이 끊기는 것을 보고 있을 리 없었다.

"네놈의 명복은 빌어주마!"

그녀가 광명우사를 향해 두 손을 들어 올린 뒤 폭우이화정을 발사했다.

티티티티팅!

목과 양손이 묶인 광명우사의 상체는 꼼짝없이 철심 세례를 뒤집어썼다. 이어서 맹독이 묻은 철심이 그의 얼굴과 가슴팍을 시커멓게 태우기 시작했다.

"크와아아악!"

"이미 죽은 시체 따위가 비명이라니 가소롭군!"

당청이 손목을 튕겨서 금룡편을 거둬들였다. 휘리릭. 고슴도치 꼴이 된 광명우사의 상체는 그대로 전각 밑으로 추락했다.

칠 척이 넘는 거구. 분리된 상하체를 따로 움직이는 기괴한 전법.

이 조 일행의 등골을 오싹하게 만들던 광명우사는 당청과 정결사태의 손에 처치되었다.

하지만 상황은 여전히 위급했다.

망자 떼가 여전히 물러가지 않고 팔 층 전각을 향해 꾸역꾸역 몰려왔던 것이다.

당청이 당호에게 물었다.

"명령자가 죽으면 망자는 혼백 없는 혈귀가 된다고 하지 않았느냐?"

"맞습니다."

"그럼 망자들이 왜 계속 우리한테 덤벼들지?"

"그건 저도 잘 모르겠습니다……."

"못난 놈."

당청이 시선을 돌려 좌우를 훑었다. 팔 층 전각으로 통하는 길과 골목 틈새는 몰려드는 망자들로 인산인해였다.

계속 머뭇거리다가는 일 조와 삼 조가 도착하기 전에 망자들에게 포위되어 버릴 판. 당청이 명령을 내렸다.

"할 수 없지. 모두 안으로 들어간다!"

장청이 검으로 창문 고리를 끊은 다음 발로 걷어찼다.

텅!

창문이 박살 나자 이 조 일행은 한 명씩 전각 안으로 들어가기 시작했다.

장청과 당호는 각자 검과 금전표를 든 채 침을 삼키며 어둠 속을 살폈다.

망자가 덤비면 당장 이마를 꿰뚫을 태세.

그런데 귀신 같은 몰골로 전각 복도를 바쁘게 돌아다니던 환관이나 궁녀들이 하나도 보이지 않는 것이었다.

"이상하군. 망자들이 다 어디로 갔지?"

"그러게 말입니다."

이 조는 전각 중앙에 난 계단으로 이동했다.

이전 잠행조가 밖으로 탈출할 때 전각 내부에서 가장 많은 수의 망자가 모여 있던 곳. 하지만 역시 망자의 모습은 찾아볼 수 없었다.

당청이 동생 당백기를 보며 물었다.

"준비됐느냐?"

"물론입니다, 누님."

당백기가 허리춤에서 실뭉치를 꺼내 들었다.

실뭉치에는 눈에 띄기 힘들 정도로 가느다란 실이 칭칭 감겨 있었다. 또한 실뭉치를 떠난 실은 복도를 지나서 방금 이 조가 들어온 창문 밖까지 이어졌다.

당백기뿐 아니라 소극상도 실뭉치를 꺼냈다.

정결사태가 물었다.

"그냥 실은 아닌 듯한데, 설마 도화선인가?"

"그렇소."

눈에 잘 보이지 않을 만큼 가는 도화선.

즉, 실뭉치는 지하 황궁의 동서남북을 가로지르는 길에 당문삼독이 설치한 폭뢰의 도화선이었던 것이다.

"폭뢰를 터뜨리면 지하 황궁은 불바다가 될 것이오."

당청이 정결사태에게 설명했다.

"일 조와 삼 조가 아직 도착하지 못했으나 더는 기다릴 수 없소."

"그들을 믿어야지. 저 개미 떼 같은 망자들을 몽땅 상대하느니 불길을 피해 전각으로 오는 것이 훨씬 쉬울 것 같소만?"

"내 생각도 그렇소."

처음 잠행 시에 무사가 많은 짐을 짊어졌고 장청과 당호도 상당량을 운반했었다.

하지만 셋은 지금 소지한 병장기를 제외하면 맨몸이었다. 당문삼독이 잠행에 준비한 폭뢰를 지하 황궁에 몽땅 설치했다는 뜻.

"이번 폭뢰에 쓴 것은 당문이 개발한 특수 화약이오."

당청의 목소리에 사천당문의 기술력에 대한 자부심이 배어 있었다.

"한번 불길이 솟구치면 열흘 밤낮을 꺼지지 않고 타오를 것이오. 지하 황궁? 건물 한 채, 풀 한 포기 남김없이 불타 버리겠지."

"망자들한테 어울리는 죽음이군."

정결사태도 미소를 지으며 고개를 끄덕였다.

그때 당청의 가슴에서 사르륵 하고 이상한 소리가 났다.

그녀가 무슨 기운을 느꼈는지 양미간을 구기며 품에 손을 넣었다. 그녀가 꺼내 든 것은 제갈성이 각조에게 나눠주었던 연락부였다.

그런데 연락부의 정(井) 자 중에서 한 획이 사라져 있는 게 아닌가?

당청이 싸늘한 목소리로 말했다.

"…일 조가 임무를 실패했군."

"그럴 리가! 삼 조를 잘못 본 것 아니오?"

"아니. 일 조요."

당청이 연락부를 들어 보이자 사라진 획의 위치가 북쪽 방위라는 것을 알 수 있었다.

정(井) 자를 쓸 때 가장 먼저 쓰는 획.

"삼 조와 소림 방장이 남아 있으나 이제는 정말 더 기다릴 수 없겠군."

당청은 잠시 침음하다가 당백기를 돌아봤다. 당백기가 알았다는 듯이 고개를 끄덕이며 품에서 화섭자를 꺼냈다.

그때였다.

"흐흐흐, 꼬리를 말고 도망치더니 흉계가 따로 있었구나."

"……!"

이 조는 깜짝 놀라서 고개를 들었다.

고목나무의 껍질이 마찰하는 듯한 거친 목소리. 하지만 목소리의 주인은 당청의 폭우이화정에 숨통이 끊어져서 전각 밑으로 추락하지 않았는가?

"광명우사?"

"고맙군. 날 기억해 주다니."

중앙 계단의 어둠 속에서 광명우사가 불쑥 얼굴을 내밀었다.

"죽지 않았군. 그런데 대체 어떻게……."

"네놈들보다 빨리 전각 꼭대기로 올라왔는지 궁금하다는 거냐?"

"……"

광명우사가 생각을 미리 읽고 말하자 도도한 당청은 대꾸하지 않고 입을 다물었다.

그런데 다음 순간 이 조 일행은 광명우사가 어떻게 전각에 올라왔는지 깨달았다.

스으으윽.

계단의 난간을 타고 광명우사의 목이 빠르게 기어 나왔다.

그의 목은 깨끗하게 절단되어 있었는데, 잘린 단면 밑에서 굵은 혈선충 촉수가 십여 개 뻗어 나와서 마치 게가 모래사장을 이동하는 것처럼 난간 위를 기어 다니고 있는 것이었다.

직접 눈으로 보고도 믿을 수 없는 장면.

"개같은 년! 철심에 독까지 묻혀놓다니."

"……."

그가 욕설을 했으나 모골이 송연한 모습에 당청마저 입을 열지 못했다.

폭우이화정에 맞아 추락한 광명우사는 몸에 점점 독이 퍼지자 상체를 포기했다. 그는 환도를 들어 스스로 목을 베었다. 그리고 혈선충 촉수를 벌레 다리처럼 움직여서 팔 층 전각을 기어올랐던 것이다.

광명우사가 코를 킁킁거리며 말했다.

"산 자의 냄새가 전혀 안 나는 걸 보니 무슨 술수를 쓴 게 분명하군."

그가 혈선충 촉수들을 문어발처럼 구부리더니 동시에 펴면서 허공으로 튀어 올랐다.

그런데 계단 중앙의 어둠 속에 밑으로 드리워진 밧줄이 있었다. 광명우사가 입을 크게 벌리며 이빨로 밧줄을 물었다.

으득!

무사가 양미간을 구기며 소리쳤다.

"놈을 막으시오!"

그가 품에서 무언가를 꺼내 광명우사를 향해 날렸다.

쌔애액! 콱!

굵은 철심 같은 암기가 광명우사의 한쪽 눈에 정통으로 틀어박혔다.

하지만 스스로 목을 베어도 죽지 않는 망자가 눈알 하나에 끄떡할 리가 없으니…….

"으흐흐… 으흐흐흐흐흐!"

광명우사의 목이 공중에서 요동치며 밧줄을 물고 늘어졌다.

순간 밧줄이 밑으로 당겨지며 굉음이 울려 퍼졌다.

덜컹!

귀청을 찌르는 기계음.

"이건 기관장치가 작동한 소리입니다!"

"그걸 누가 모르느냐? 어떤 기관장치인지 알아내라!"

당청이 당호를 재촉하며 말했다.

그러자 광명우사가 입을 쩍 벌려서 물고 있던 밧줄을 놓으며 대답했다.

"네놈들 몸에서 절대 피 냄새가 지워지지 않도록 만드는 기관장치다!   으하하하하!"

광명우사의 목이 사방으로 요동치며 밧줄을 물어 당기자 덜컹 하는 소리가 들렸다.

기관장치가 작동한 소리.

"피 냄새가 진동하도록 만들어주마!"

순간 전각 꼭대기에서 엄청난 굉음이 터졌다.

퍼어엉!

당청이 양미간을 구기며 물었다.

"이 소리는 뭐냐?"

"확실하진 않지만 이건 마치… 둑이 터지는 소리 같은데요?"

"둑? 전각에 무슨 놈의 둑이 있다는 말이냐?"

"저도 그것까지는 잘 모르겠습니다……."

당호는 당청의 기세에 밀려 말을 흐렸다.

하지만 광명우사가 어떤 기관장치를 작동시킨 건지 계속 궁리할 필요는 없었다. 곧이어 위에서 엄청난 소리와 함께 무언가가 이 조를 향해 밀려왔던 것이다.

쏴아아아아!

그제야 이 조 일행은 굉음의 정체를 알아차렸다.

전각 위에서 엄청난 물길이 쏟아져 내리고 있었다. 기관장치는 물을 저장해 둔 수조를 폭파시키는 용도이리라.

그런데 왜 하필 물인가?

설마 지하 황궁의 침입자를 수장(水葬)시키려고? 전각 안에 물이 고이지 않고 금세 밖으로 새어 나갈 텐데?

그런데 물의 색깔이 어딘가 이상했다.

아무리 주위가 어두컴컴하다고 하나 물이 칠흑처럼 시커먼 것을 넘어서 붉은 기색까지 배어 있는 게 아닌가?

순간 물의 정체를 깨달은 당청이 그녀답지 않게 말을 흐리며 외쳤다.

"피, 피해라!"

전각을 통째로 뒤덮으며 쏟아지는 액체는 그냥 물이 아니라 시뻘건 선혈이었던 것이다!

이 조는 몸을 돌려서 중앙 계단에서 멀리 달아나려고 했다.

하지만 전각을 나갈 새도 없이 핏물이 그들을 덮쳤다.

촤아아아아아악!

거대한 피의 물줄기가 이 조를 휩쓸었다. 바위를 뒤덮는 폭포수의 힘에 일행은 쓸리지 않으려고 난간이나 문을 붙잡고 버텼다.

핏물은 전각 전체를 남김없이 훑고 지나갔다.

장소가 팔 층 전각이라는 점이 그나마 다행이었다. 해일 같던 핏물 세례의 대부분이 전각의 창문을 부수며 밖으로 흘러나갔던 것이다.

곧 핏물 수위가 발목이 잠길 정도로 내려가자 이 조 일행은 운신이 자유로워졌다.

장청이 손을 들어 얼굴에 묻은 피를 훔치며 중얼거렸다.

"쳇, 독혈이 아니잖아? 괜히 겁먹었군."

하지만 당호의 얼굴은 핏기가 싹 가셔서 새하얗게 질려 있었다.

"뭘 그렇게 겁내? 이건 그냥 피라고."

"…그냥 피라고요?"

당호의 눈이 칼을 종이에 대고 그은 것처럼 가늘게 변했다.

"그래도 꽤 괜찮은 조장이라 여겼는데 제 생각이 틀렸군요. 당문에 대대로 전해 내려오는 말이 있습니다. 당신을 보자 그 말이 떠오르는군요."

"그게 뭐지?"

"치세는 영웅이 많지만 난세는 영웅이 적다."

"……."

장청은 당호가 무슨 말을 하는지 몰라서 멍하니 있었다.

당호의 말뜻은 이랬다. 치세, 나라가 평화로울 때는 서로가 영웅을 자처하며 나선다. 반면 난세, 나라가 어지러울 때는 영웅이 되고자 하는 이가 적다.

난세의 영웅이 진짜 영웅이라는 말.

즉, 당호는 평소 명문정파의 후기지수를 내세우던 장청이 정작 위기에 처하자 판단력이 흐려지며 잠행조의 민폐거리가 된 것을 조롱한 것이었다.

당호가 품에 손을 넣어 부적을 꺼냈다.

그걸 본 장청이 깜짝 놀라며 목소리를 줄여서 말했다.

"조심해! 망자가 보는 앞에서 부적을 꺼내면 어쩌자는……."

"아직도 모르십니까? 정말 한심하군요."

당호가 날카롭게 말했다.

"눈이 있으면 똑똑히 보시죠. 이걸 망자한테 들키면 되는지 안 되는지."

"……!"

영문을 모른 채 부적을 보던 장청은 그만 입을 딱 벌리고 말았다.

부적은 더 이상 부적이 아니었다.

제갈세가에서 악인을 처형하고 그 핏물을 받아 제작했다는 흑랑비서의 부적. 하지만 부적에 피로 쓰고 그린 글씨와 도형은 모두 지워지고 번져서 자취를 알아볼 수 없게 변한 것이었다.

장청이 다급히 품에서 부적을 꺼냈지만 아니나 다를까, 그의 부적도 핏물에 풍덩 젖어서 흐느적거리고 있었다.

다른 일행은 아예 자기 부적을 꺼내 확인할 필요도 느끼지 못했다.

폭포수 같은 핏물에 흠뻑 젖어서 피범벅이 된 몸.

종잇조각에 불과한 부적이 무사할 리가 없지 않은가?

"역시 그랬었군! 종이쪼가리로 우리 눈을 속이고 있었어, 크흐흐흐!"

혈선충 촉수를 뻗어 난간에 매달려 있는 광명우사의 목이 광소를 터뜨렸다.

그의 말대로 부적의 효과는 사라져 버렸다.

그것을 입증하듯이 전각 곳곳에서 산 자의 기척을 알아차린 망자들이 울부짖으며 포효했다.

키에에에엑!

당청이 다급히 명령했다.

"뭐 하느냐? 빨리 폭뢰를 터뜨리지 않고!"

그러나 당백기는 화섭자를 불지 않고 멍한 눈빛으로 당청을 보며 말했다.

"누님, 도화선이 핏물에 젖어서 불이 붙지 않을 겁니다."

"……!"

항상 도도하던 당청마저 입을 살짝 벌리고 침음했다.

당백기의 손에 있는 실뭉치가 피 칠갑이 되어서 본래 모습을 알아보기 힘들 정도였던 것이다.

핏물이 쏟아지는 찰나 당백기와 소극상은 실뭉치를 품속에 넣으며 몸을 웅크렸다. 하지만 부적도 적셔 버릴 만큼 엄청난 핏물 세례에 가는 도화선이 멀쩡할 리 없었다.

잠행조가 폭뢰를 설치할 거란 사실을 시황이 미리 알고 있었을까?

그건 아마도 아닐 것이다.

시황은 팔 층 전각에 기관장치를 설치해서 침입자에게 핏물 세례를 뒤집어씌우려고 했으리라. 그럼 망자들이 피 냄새를 맡고 끝까지 추격할 테니까.

그런데 부적이 쓸모없어진 것은 물론 도화선까지 젖는 바람에 지하 황궁을 불태운다는 작전이 물거품이 되어버린 것이다.

설상가상. 엎친 데 덮친 격.

이제 잠행조의 작전을 시황이 알고 있든 말든 상관없었다.

작전은 모두 실패한 셈이니까.

당청이 싸늘하게 가라앉은 목소리로 말했다.

"…이 조는 작전에 실패했다. 모두 탈출한다."

그러나 탈출조차 이 조의 뜻대로 되지 않았다.

전각의 꼭대기, 팔 층의 중앙 계단에서 망자들이 쏟아져 나오기 시작했던 것이다.

동시에 복도에 있는 방에서도 망자들이 튀어나왔다.

키에에에엑!

이 조가 팔 층 전각에 들어올 때까지만 해도 아무 기척도 내지 않던 망자들.

실은 망자들은 광명우사의 조종에 따라 숨어 있었다. 그리고 핏물 수조를 폭파한 뒤 광명우사가 정신 조종을 풀자 그들은 피에 굶주린 혈귀로 돌아온 것이다.

사방에서 혈귀들이 이 조를 향해 덤벼들었다.

팔 층 전각은 이제 탈출로가 아니라 지하 황궁에서 망자가 가장 많이 득시글거리는 곳으로 변했다.

정결사태가 냉랭하게 말했다.

"이래서야 전각 꼭대기로 나가는 것은 무리요. 아니, 이대로 있다가는 망자 떼에게 둘러싸이고 말겠군."

"…모두 퇴각해서 전각을 빠져나간다."

당청이 분노를 참으며 명령했다.

이 조는 각자 병기를 써서 망자들을 퇴치하며 계단을 내려

256 실명무사

갔다.

하지만 혈귀들은 앞뒤 가리지 않고 끝없이 달려들었다. 전신에 시뻘겋게 핏물을 뒤집어쓴 이 조 일행. 설령 부적이 있다고 해도 지금 상태로는 더 이상 피 냄새를 숨기지 못하리라.

키에에엑!

망자 하나가 어둠 속에서 달려들자 당청이 폭우이화정을 발사했다.

티티티팅!

철심 세례를 정통으로 받은 망자가 사시나무처럼 몸을 앞뒤로 흔들면서 쓰러졌다.

하지만 당청의 표정은 얼음처럼 싸늘하기만 했다. 그녀가 품에 손을 넣어서 흠뻑 젖은 종잇장 하나를 꺼내 들었다.

제갈성이 건넨 연락부였다.

"당문을 우습게 여긴 빚은 톡톡히 갚아주마."

쫘악.

당청이 손을 움직여서 연락부를 몇 갈래로 찢어발겼다.

이 조. 작전 실패.

삼 조는 무명의 인도에 따라 동혈을 돌파해서 지하 황궁에 도착했다.

드넓은 광장에 끝도 없이 거리가 이어지고 건물이 들어차 있는 광경. 지하 황궁에 처음 와보는 임윤과 편복선생은 혀를 내두르며 감탄했다.

"흑랑성과 비교해도 훨씬 넓을 것 같군."

"내 말이 그 말일세."

송연화가 앞장서며 말했다.

"여긴 지하 도시에서 망자가 가장 많이 들끓는 곳이에요. 서두르죠."

그때 무명이 손을 들어 그녀를 가로막았다.

"왜 그래요?"

"잠깐 멈추시오."

무명이 품에 손을 넣어 종잇장을 꺼냈다. 제갈성이 각조 조장에게 준 연락부였다.

그런데 연락부의 정(井) 자에서 획 두 줄이 사라져 있는 것이었다.

"가로획 두 줄이 지워졌어요!"

정 자를 쓸 때 처음과 두 번째로 쓰는 획.

송연화의 말이 뜻하는 것은 분명했다. 일 조와 이 조가 작전에 실패했다는 것이었다.

"방금 가슴에서 이상한 기운을 느꼈는데 연락부의 획이 사라지느라 그랬던 것 같소."

무명이 착 가라앉은 목소리로 말했다.

"일 조와 이 조는 최소한 작전에서 이탈했을 것이오. 더 이상 그들의 도움은 바랄 수 없소."

"……"

삼 조 일행은 입을 다문 채 침음했다.

십팔나한 소림승들로 구성된 일 조, 당문삼독과 정결사태라는 고수가 있는 이 조.

그런 두 개 조가 모두 작전에서 이탈했다? 잠행조 전력에서 최소한 절반 이상이 쓸모없어졌다는 뜻.

"일 조의 임무는 무림맹주님과 함께 시황을 제거하는 거예요."

송연화가 나직한 목소리로 입을 열었다.

"이 조의 임무는 지하 황궁을 초토화하고 팔 층 전각 탈출로를 확보하는 거예요. 하지만……"

그녀가 말을 흐렸다.

하지만 일행은 다음에 이어질 말을 짐작할 수 있었다.

잠시 동작을 멈췄던 망자들이 곧 다시 움직였던 것으로 보아 시황은 죽지 않은 게 분명했다. 일 조와 오 조인 소림 방장이 시황 암살에 실패했다는 뜻이리라.

더욱 큰 문제는 이 조가 임무를 실패했다는 것이었다.

팔 층 전각으로 나가기 위해 정신없이 동혈을 돌파한 삼조. 그런데 지하 황궁은 여전히 망자가 들끓어서 무사히 지상으로 나갈 수 있을지 알 수 없다는 뜻이 아닌가?

그때 이강이 끼어들며 말했다.

"지하 황궁 초토화? 말은 똑바로 하자."

"무슨 소리죠?"

"그렇게 말하면 그냥 망자만 죽이겠다는 것으로 착각하지 않겠냐? 무림맹의 계획은 사천당문의 폭뢰를 써서 지하 황궁을 죄다 불태우려는 것이었으면서 말이다."

"……"

이강이 생각을 읽었는지 송연화는 반박 못 하고 입을 다물었다.

"이제 보니 모두 화장(火葬)할 속셈이었군."

"…불을 질러도 지붕을 타면 충분히 불길을 뚫을 수 있어요."

"그래? 한번 불길이 솟구치면 열흘 밤낮을 꺼지지 않고 타오를 불길인데?"

"그 전에 팔 층 전각까지만 가면 그만이죠."

"말은 쉽구나, 후후후."

둘의 대화는 이강의 비웃음으로 끝났다.

무명은 이강의 말에 동의했다.

사천당문의 폭뢰로 지하 황궁을 불태우려는 무림맹. 소림 방장과 제갈성은 잠행조의 안전과 무사 귀환보다는 작전의 성패를 중요시했던 것이다.

하지만 이강처럼 비웃을 생각은 없었다.

무림맹이 그런 적이 어디 한두 번인가? 아니, 세상 모두가 남을 이용해서 자기 이득만 취하고 있지 않은가?

속는 자가 바보다. 속지 않으면 그만이다.

무명은 그렇게 결론 내린 뒤 말했다.

"이 조가 작전에 실패했으니 불길을 걱정할 필요는 없소. 하지만……."

"망자 떼가 여전히 득시글댄다는 뜻이지, 후후후."

이강이 말을 받았다.

그렇다. 불길이 없는 대신 망자 무리가 삼 조의 앞을 막으리라.

머뭇거릴 시간도 없었다.

등 뒤의 동혈에서 망자들이 지르는 괴성이 점점 가까워지고 있었던 것이다.

키에에엑…….

"서두르죠. 이러다가 망자 떼에게 앞뒤로 포위당하겠어요."

"뭐가 그리 걱정이냐? 우리도 연락부를 찢으면 그만인데?"

"그만 입 좀 닥치시지."

삼 조 일행은 동혈에서 나와 지하 황궁의 거리로 들어섰다. 그리고 주위를 살피며 전진하기 시작했다.

그런데 무언가 이상했다. 곳곳에서 망자들이 들끓던 지하 황궁의 거리에 망자가 하나도 보이지 않는 것이 아닌가?

"상황을 알아봐야겠어요."

송연화가 훌쩍 몸을 날려서 삼 장 높이의 담벼락 위로 올라갔다.

그런데 담벼락에 오르자마자 바로 고개를 내리며 말했다.

"이 조가 망자 떼에게 쫓기고 있어요!"

"큰일 났어요!"

담벼락에 올라가 주위를 정찰한 송연화가 다급하게 말했다.

"이 조가 망자 떼에게 쫓기는 중이에요!"

무명이 담벼락 위로 몸을 날려서 송연화 옆에 착지했다.

"저길 보세요. 이 조가 지하 황궁의 중앙에서 외곽 쪽으로 도주하고 있어요."

무명은 송연화가 가리킨 검지를 따라 시선을 옮겼다.

삼 조가 있는 곳에서 멀찍이 떨어진 건물의 지붕.

지붕은 망자 떼로 뒤덮여서 기왓장이 보이지 않을 정도였다. 그것으로 모자라 건물 밑에서 망자들이 서로의 몸을 타고 꾸역꾸역 위로 올라오고 있었다.

그곳에서 이 조 일행은 무차별로 검과 병기를 휘두르며 망자 떼를 뚫고 길을 열었다. 그리고 건물과 건물의 지붕을 건너뛰며 외곽으로 이동하고 있었다.

문제는 이 조가 왜 외곽으로 향하느냐였다.

지하 황궁 폭파 작전이 실패했다면 연락부를 찢고 팔 층 전각으로 탈출하면 된다. 그런데 반대로 팔 층 전각을 뒤로한 채 도주하고 있다니?

그때 이강이 뛰어올라 옆에 착지했다.

무명이 물었다.

"뭐 알아낸 것 없소?"

"기다려라."

이강이 두 손을 양쪽 관자놀이에 갖다 댔다. 이 조가 멀리 있는 만큼 그들의 생각을 읽기 위해 정신을 집중하는 것이었다.

곧 이강이 알아듣기 힘든 말을 쉬지 않고 중얼거리기 시작했다.

"이 조 놈들이 맞다."

"팔 층 전각에 광명우사란 놈이 있는 것 같군."

"뭐지? 이 조 놈들 몸이 온통 시뻘건데……."

"아주 전신에 피 칠갑을 하셨군. 저래서야 부적이 있어도 망자들한테 피 냄새를 숨길 수는 없지."

"잠깐만, 부적도 죄다 못 쓰게 된 것 같은데?"

잠시 후, 이강이 관자놀이에서 손을 떼며 고개를 돌리고 말했다.

"이 조는 광명우사란 놈한테 된통 당한 것 같다."

"누가 다쳤나요? 사상자는 있나요?"

"아니. 아무도 안 다치고 안 죽었다."

"다행이군요."

송연화가 가슴을 쓸어내리며 말했다. 하지만 이강은 비웃음을 그치지 않았다.

"다친 놈은 없지만 이 조는 이제 망자들 눈을 피할 수 없다."

"뭐라고요? 왜죠?"

"귓구멍이 막혔냐? 내 말 못 들었냐? 놈들이 전신에 피 칠갑을 하고 있단 말이다."

이강이 킬킬거리며 말을 이었다.

"잘은 몰라도 핏물을 뒤집어쓴 것 같다. 그 바람에 부적도 젖어서 쓸모없게 돼버렸지. 부적도 없는 데다 피 냄새가 진동하니 이 조는 지상으로 나갈 때까지 망자들이 절대 떨어지지 않을 거다, 후후후."

"……."

송연화는 할 말을 잃고 침음했다.

망자 숫자가 가장 많은 지하 황궁. 그런데 핏물을 뒤집어쓴 몸으로 황궁을 도망쳐야 된다고? 제갈세가의 부적도 없이?

이 조의 상황은 상상했던 것보다 더욱 위급했다.

셋은 담벼락에서 내려간 뒤 이 조가 처한 상황을 다른 일행에게 설명했다.

정영이 척사검을 치켜들며 말했다.

"그럼 이러고 있을 때가 아니지 않소? 당장 이 조를 구합시다!"

그런데 송연화가 손을 뻗어 정영을 가로막았다.

"잠깐 기다려."

"연화, 왜 그래?"

정영이 영문을 몰라서 멈칫거리자 송연화가 무명에게 시선을 던지더니 말했다.

"이번 작전은 무림맹을 위한 게 아냐. 중원과 황궁을 망자에게서 지키기 위한 거야."

"그건 나도 알아. 하지만……."

"설령 잠행조가 몰살하는 한이 있어도 망자가 중원이 퍼지는 것을 막아야 돼."

계속해서 송연화가 무명을 돌아보며 말을 이었다.

"시황의 목적은 혈선충 단지를 중원 각지에 퍼뜨리는 거예요."

"그렇소."

"그럼 시황을 죽이는 것보다 흑의인들이 지상으로 나가지 못하도록 막는 게 삼 조의 임무 아닌가요?"

"맞소."

무명이 고개를 끄덕였다.

그러자 송연화가 다시 정영을 보며 말했다.

"잘 들어. 이 조는 팔 층 전각을 떠나 도주하고 있어. 망자가 그들을 쫓아가면……."

"팔 층 전각은 텅텅 빈 셈이 되겠군."

이강이 말을 자르며 끼어들었다.

"그리고 우리는 텅 빈 팔 층 전각을 올라가 지상으로 나가면 되고 말야. 이 조는 삼 조를 위한 미끼가 되는 셈이군, 후후후."

이강의 웃음소리가 의미심장하게 들렸다.

일행은 송연화가 무슨 말을 하는지 깨달았다. 이 조가 망자 떼를 유인한 틈을 타서 무주공산이 된 팔 층 전각으로 탈출하자는 것이었다.

즉, 이 조를 미끼로 희생하자는 계책.

정영의 목소리가 살짝 떨려 나왔다.

"연화, 그럼 이 조는 어떻게 되는……."

"몇 번 말해야 알아듣겠어? 지금 그들보다 중원의 안위가 더 문제라고!"

정영을 다그친 송연화는 한숨을 쉬더니 다시 부드럽게 말했다.

"상황이 바뀌어도 마찬가지야. 정영, 너라면 중원을 위해서 스스로를 희생할 거야? 아니면 나 하나 살겠다고 대의를 버린 채 도망칠 거야?"

"……."

정영은 침을 삼키며 침음했다.

이 조가 아니라 삼 조가 위기에 처해도 중원을 위해 행동해야 한다.

그 말이 정영을 더는 할 말이 없도록 만든 것이었다.

"알았어, 연화."

"좋아."

정영 설득이 끝나자 송연화가 무명을 보며 말했다.

"망자 떼가 이 조를 쫓아가는 지금이 유일한 기회예요. 삼조는 아직 망자들을 상대로 은신하고 있는 중이니까."

"그렇소."

"부맹주님이 연락부를 준 이유도 이런 때를 위해서죠. 다른조가 작전에 실패해도 하나의 조만 작전에 성공하면 그만이니까."

"모두 맞는 말이오."

무명이 고개를 끄덕이며 대답했다.

송연화의 판단은 한 치의 빈틈도 없었다. 또한 무명이 생각하는 바와 일치했다.

무명이 결정을 내렸다.

"삼 조는 은신한 채 팔 층 전각으로 나가 만련영생교를 막을 것이오. 그게 별동대가 존재하는 이유요."

계속해서 그가 정영과 임윤에게 명령했다.

"정영, 임윤, 선두에 서시오. 망자가 출몰하면 쥐 죽은 소리도 내지 말고 처치하시오."

"어려울 것 없지."

임윤이 씨익 웃으며 등에서 두 개의 단창을 뽑아 양손에 들었다.

반면 정영은 무명을 바라본 뒤 침을 삼키며 일행의 앞으로 나갔다. 망자 떼에게 쫓기는 일행이 눈앞에 있는데 무시해야 하는 상황이 그녀의 마음을 심란케 만들고 있는 것이리라.

"명심하시오. 절대 망자들에게 들켜서는 안 된다는 것을."

무명이 단단히 주의를 주었다.

삼 조는 건물과 담벼락이 만드는 그림자 속에 숨었다. 그리고 숨소리조차 죽인 채 팔 층 전각을 향해 이동하기 시작했다.

무명과 이강은 먼저처럼 후미에서 일행을 따라갔다.

그때 이강이 불쑥 전음을 보냈다.

[대를 위해 소를 희생한다? 말은 좋군. 그런 놈들이 뭐가 문제인지 아냐?]

[전음도 삼가시오. 망자한테 들킬 수 있소.]

하지만 이강은 무명의 말을 무시하고 계속 전음을 보냈다.

[우리 전음을 읽을 만한 고수는 지금 주위에 없으니 걱정 마라. 그보다 뭐가 문제인지 아냐고?]

[뭐가 문제요?]

무명이 할 수 없이 대꾸하자 이강이 대답했다.

[그런 놈들 중에 자신을 소(小)라고 여기는 놈은 하나도 없다는 게 문제다.]

[……]

[자신은 항상 대의명분을 따른다고 자신하지. 그러니 남들을 미끼로 쓰고 버리는 데 아무 죄책감도 없고 말야.]

[다 알고 있는 얘기군.]

[그러냐? 후후후.]

이강은 잠시 킬킬거리더니 전음을 계속했다.

[하나는 검은 날카로운데 마음은 약하군.]

[무슨 헛소리요?]

[반대로 하나는 몸은 부드러운데 마음은 인정사정없이 차
갑지.]

이강이 무슨 말을 하는지 알 수 있었다. 전자는 정영, 후자
는 송연화를 뜻하는 말이리라.

[겉은 선머슴인 년이 마음은 누구보다 여인이지. 근데 몸은
누구보다 달콤한 경국지색인 년이 속마음은 세상의 어떤 사내
보다 차갑단 말야, 크크크.]

[시답잖은 농담은 집어치우시지.]

무명은 더 이상 이강을 상대하지 않고 앞으로 걸어나갔다.

하지만 이강의 말이 가슴속에 작은 파문을 일으켰다.

시답잖은 농담? 아니다. 이강의 말은 정곡을 찌르고 있었
다.

[그래, 둘 중에 누구를 선택할 거냐?]

[집어치우라고.]

[설마 둘 다 처첩으로 거느릴 셈은 아니겠지?]

[……]

[정영은 몰라도 송연화는 첩으로 삼겠다면 가만 안 있을 년

이다. 아마 네놈 심장에 검을 박고도 남을걸? 후후후.]

이강은 계속해서 농담을 던지며 무명과 두 여인 사이를 비웃었다.

소림 방장은 항마도를 휘둘러서 망자들의 목을 베었다.

휘익, 퍽!

검광이 한 차례 번쩍일 때마다 망자 두서넛의 목이 땅에 떨어졌다.

하지만 어둠 속에서 밀려오는 망자 떼는 끝이 보이지 않았다. 소림 방장은 그림자 속에 숨었다가 망자들의 시선이 다른 쪽으로 향하면 다시 동혈을 달리기를 반복했다.

진명은 지하 도시의 동혈이 미로처럼 복잡하게 얽혀 있다고 보고했다.

그러나 동혈을 끝까지 가다 보면 반드시 나오는 장소가 있다는 말을 덧붙였다. 바로 지하 도시의 중앙에 위치한 지하 황궁이었다.

시황이 꾀하는 흉계를 알아차린 소림 방장.

이제 잠행조의 목표는 시황 제거가 아니었다. 한시라도 빨리 지하 황궁으로 가서 다른 조에게 진상을 알려야 했다.

그때 동혈이 끝나고 드넓은 공터가 나왔다.

천신만고 끝에 지하 황궁에 도착한 것이었다.

소림 방장은 그림자 속에 몸을 숨기고 상황을 살폈다.

그런데 무언가 이상했다. 지하 황궁은 망자의 수가 가장 많다고 들었는데 거리 곳곳은 썰렁하니 흙먼지만 일고 있을 뿐 어디에도 망자의 모습은 찾을 수 없었던 것이다.

이상하군. 그는 주위를 살핀 뒤 공중을 향해 몸을 날렸다.

휙.

삼 장 높이의 담벼락을 계단 한 칸 오르듯 뛰어오른 소림 방장.

지하 황궁은 돌벽으로 된 천장으로 하늘이 막혀 있었지만 거리 곳곳에 기름 횃불이 불타고 있어서 사물을 분간하는 데 어렵지 않았다.

소림 방장은 즉시 상황을 파악했다.

이 조 일행이 진영도 제대로 갖추지 못한 채 건물 지붕을 건너뛰며 도주하고 있었던 것이다.

순간 짚이는 게 있었다.

방금 동혈 속에서 망자들과 싸울 때 가슴에 느껴지던 미묘한 기운.

그는 품에서 제갈성의 연락부를 꺼냈다. 아니나 다를까, 연락부의 두 획이 사라져 있었다.

일 조와 이 조가 작전에서 실패했다는 증거.

그렇다면 삼 조는?

그는 안광을 돋우며 지하 황궁의 곳곳을 살폈지만 삼 조의 행방은 좀처럼 찾을 수 없었다.

아직 지하 황궁에 오지 않은 것일까? 그게 아니라면 다른 출구를 통해 이미 지상으로 탈출한 뒤일까?

만약 삼 조가 이대로 탈출했다면 낭패였다. 일 조와 이 조는 물론 오 조인 소림 방장 자신 역시 작전을 실패한 셈이니까.

그때였다.

멀리 떨어진 건물 틈새의 골목에서 몇몇 그림자가 은밀히 이동하고 있는 것이 아닌가?

삼 조다. 얼굴을 확인하기에는 거리가 멀었지만 소림 방장은 확신했다.

문제는 왜 그들이 철저히 은신을 유지하며 조금씩 이동하느냐였다. 이 조는 반대로 망자 떼의 포위망을 뚫으며 도주하고 있지 않은가?

문득 뇌리에 스치는 생각.

삼 조가 시황의 비밀을 알아차린 것이 아닐까?

소림 방장은 삼 조의 행동을 유심히 살피다가 한 가지 사실을 깨달았다.

도망치는 이 조는 외면한 채 은밀히 팔 층 전각으로 향하는 삼 조. 즉, 그들은 이 조를 희생양으로 삼아 지상으로 나갈 생각이리라.

소림 방장은 삼 조와 합류해서 그들을 도울까 하고 잠시 생각했다.

하지만 곧 고개를 저었다.

삼 조는 망자가 없는 방향을 잘 파고들며 움직이고 있었다. 만약 소림 방장이 억지로 그들과 합류하려 한다면 중간에서 망자들을 몰고 따라가는 꼴이 될 판이었다.

지금 삼 조의 행동으로 볼 때 가장 중요한 것은 하나였다.

은신. 망자에게 들키지 않는 것.

좋다, 삼 조에게 작전의 성패를 맡기자.

소림 방장은 결심을 한 뒤 자신의 연락부를 찢었다.

순간 삼 조 중의 한 명이 고개를 들더니 품에 손을 넣었다. 삼 조 조장 무명이 기운을 느끼고 연락부를 확인하는 것이리라.

소림 방장이 때를 놓치지 않고 전음을 보냈다.

[무명 시주, 대답하지 말고 들으십시오.]

3장.

잠행조의 운명(1)

삼 조는 건물 옆에 드리운 그림자 속에 숨어서 빠르게 전진했다.

목적지는 팔 층 전각.

삼 조의 목표는 망자와 싸우는 것이 아니었다. 망자 떼가 이 조에게 정신이 팔려 있는 틈을 타서 팔 층 전각으로 몰래 탈출하는 것이었다.

동료를 미끼로 하는 작전.

무명은 겉보기와 달리 마음이 여린 정영이 걱정되었다. 하지만 그녀는 임윤과 함께 선두에 섰기 때문에 얼굴 표정이 어떤지 볼 수 없었다.

그때 가슴에 미묘한 기운이 느껴졌다.

무명이 품에서 연락부를 꺼냈다. 뜻밖에도 이번에 지워진 것은 획이 아니라 점이었다.

고개를 내밀어 연락부를 보던 송연화가 신음을 흘리며 중얼거렸다.

"말도 안 돼……."

정 자 가운데 찍혀 있던 붉은 점.

바로 오 조, 즉 소림 방장을 가리키는 점이 아닌가?

그 점이 사라졌다는 것은 소림 방장마저 작전에 실패해서 연락부를 찢었다는 뜻이리라.

송연화가 입술을 질끈 깨물며 말했다.

"맹주님이 실패했을 리가 없어요."

"이 일은 당분간 발설하지 마시오. 지금은 삼 조의 작전만 신경 쓰시오."

"…알았어요."

무명은 일부러 그녀를 냉랭하게 대하며 앞으로 돌려보냈다.

소림 방장이 누구인가? 중원 무림의 태산북두인 소림사를 이끌어서 서장 구륜사를 물리치고 흑랑성 사태를 진정시킨 인물이다.

이번 잠행조의 핵심이자 정신적 지주인 무림 명숙.

그런 소림 방장이 작전에서 이탈했으니… 송연화가 당황하는 것도 당연했다.

송연화가 본 것은 어쩔 수 없었으나, 무명은 적어도 정영에게는 사실을 숨겨야겠다고 생각했다.

이강이 피식 웃으며 전음을 보냈다.

[왜? 정영도 흔들릴까 봐?]

[……]

[냉정한 것과 심지가 굳은 것은 다르다. 전자가 송연화라면 후자는 정영이지. 정영은 소림 방장 놈 얘기를 들어도 걱정을 할지언정 자기 할 일을 잊지 않을 거다.]

[웬일로 남 칭찬을 다 하는군.]

무명은 비아냥거리며 대답했다. 하지만 이강이 정영에 대해 정확히 알고 있다는 것은 부인할 수 없었다.

그때 이상한 전음이 들렸다.

[무명 시주, 대답하지 말고 들으십시오.]

소림 방장? 무명은 깜짝 놀랐으나 전음의 내용대로 대답하지 않았다.

그림자 속에 숨어서 조심히 이동하는 삼 조에게 소림 방장이 전음을 보냈다? 그가 지하 황궁의 어딘가에 있다는 뜻이리라.

무명은 고개를 돌려서 소림 방장을 찾으려다가 멈칫하며 동작을 멈췄다.

대답하지 말고 듣기만 해라. 자칫 망자에게 들킬 것을 염려하는 것.

아니나 다를까, 소림 방장의 전음이 이어졌다.

[시황은 죽일 수 없습니다.]

[⋯⋯.]

무명은 침음한 채 양미간을 찡그렸다.

망자는 이미 죽은 시체라 다시 죽일 수 없다. 단지 혈선충의 심맥을 제거해서 숨통을 끊는 것만 가능할 뿐.

그런데 시황을 죽일 수 없다니?

무슨 변괴가 생긴 게 분명했다.

[시황은 죽지 않습니다. 그의 목을 베면 만련영생교의 흑의인 중 한 명에게 시황의 혼백이 전해집니다.]

소림 방장의 전음이 계속해서 이어졌다.

[즉, 만련영생교 일당을 모두 척결하지 않는 이상 시황 제거는 불가능합니다.]

무명의 눈썹이 활처럼 심하게 일그러졌다.

시황이 죽으면 흑의인에게 혼백이 전해진다? 그야말로 기기괴괴한 얘기. 만약 강호인이 이 얘기를 듣는다면 헛소리하지 말라며 웃어넘기리라.

그러나 얘기를 한 자가 소림 방장이라면?

천금과 비교할 수 있을 만큼 무거운 말이 아닌가.

그런데 소림 방상의 다음 말은 더욱 충격적이었다.

[시황의 혼백을 이어받는 자들을 구별하는 방법이 있습니다.]

이제부터 나오는 말이 가장 중요한 정보이리라. 무명이 정신을 집중하며 소림 방장의 전음을 기다리는 찰나…….

[목뒤에 길고 구불구불한 침을 꽂은 자들입니다.]

[……!]

하마터면 무명은 입을 벌리고 크게 소리를 지를 뻔했다.

목뒤에 꽂힌 길고 구불구불한 침.

백령은침 말고는 달리 떠오르는 것이 없지 않은가?

다행히 소림 방장은 무명도 백령은침을 시술받은 자라는 사실을 모르는 것 같았다.

잠깐 생각을 정리한 무명은 전음이 들려온 방향을 짐작하여 나직하게 응답을 보냈다.

[잘 알겠습니다.]

[조심해야 합니다. 시황의 무공 수위를 가진 자가 또 있다면 전음조차 들킬 위험이 있습니다.]

소림 방장이 주의를 주었지만 다음 말은 반드시 전해야 했다.

[만련영생교가 어디를 통해 지상으로 나갈지 짐작되는 곳을 찾았습니다.]

[수고하셨습니다.]

[삼 조가 지상으로 나가 그곳을 막겠습니다.]

[무림맹주로서 작전을 허락합니다.]

소림 방장의 허락이 떨어졌다. 이제 남은 것은 최대한 신속하게 움직이는 것뿐.

[한 가지 부탁이 있습니다.]

[무엇인지요?]

[삼 조가 발각되지 않고 팔 층 전각으로 나갈 수 있도록 도와주십시오.]

[이 조와 합류하지 않고 따로 움직이는 게 그래서였군요?]

[예.]

[알겠습니다. 망자 떼를 지하 황궁의 외곽으로 유인하지요. 아미타불.]

그것으로 소림 방장의 전음은 더 이상 들려오지 않았다.

모든 준비는 끝났다.

무명은 몸을 돌려서 일행의 뒤를 따라갔다.

다른 자들에게 지금 얘기를 꺼낼 생각은 없었다. 특히 백령은침의 존재를 알고 있는 정영에게는 잠시 사실을 숨기는 게 좋으리라.

그러나 소림 방장과의 전음 내용을 훔쳐 들은 자가 있었다.

바로 이강이었다.

[만련영생교 놈들이 곧 시황이었군.]

그가 웃음기 섞인 목소리로 전음을 보냈다.

소림 방장의 위치를 정확히 알지 못한 채 보낸 전음. 이강의 내공 수위라면 충분히 전음을 눈치채고 엿들을 수 있었으리라. 게다가 그는 타인의 생각을 읽는 능력까지 있으니……

[시황 놈이 스스로 중원을 망자 판으로 만들 속셈이었군.]

이강에게는 더 숨길 것도 없었다.

무명이 대답했다.

[그렇소.]

[다행이구나. 잠행 전에 백령은침을 빼서 말야.]

[……]

[침이 계속 있었다면 네놈도 한패로 몰렸겠군, 후후후.]

[나는 시황의 노예가 아니오.]

무명이 냉담한 목소리로 잘라 말했다.

[어차피 만련영생교를 막을 이유가 하나 더 생긴 것뿐이오.]

[그렇긴 하지. 하지만 한 가지 중요한 절차가 더 생겼다.]

[무엇이오?]

[이제 육룡채에 있을 출구를 그냥 폭파만 해서는 안 된다. 나랑 네놈은 누가 우리를 이 모양 이 꼴로 만들었는지 알아야 하지 않겠냐?]

[흑의인들을 몽땅 붙잡자는 말이오?]

[전부 잡을 필요는 없지. 그중에서 시황의 혼백이 옮겨 간 놈만 골라내면 그만이다, 후후후.]

그것으로 이강과의 대화는 끝났다.

이강의 말도 일리가 있었다. 출구를 폭파해서 틀어막으면 끝나는 게 아니었다. 흑의인 중에서 시황으로 변한 자를 색출해서 붙잡아야 하는 것이다.

일이 한층 더 복잡해진 셈.

무명은 입술을 질끈 깨물며 일행의 뒤를 좇아 움직였다.

이 조는 팔 층 전각을 빠져나온 뒤 지붕과 지붕을 건너뛰며 도주했다.

그들은 무차별로 검과 병기를 휘둘렀다.

부웅부웅, 퍽퍽퍽!

검광이 번쩍일 때마다 망자들의 목이 떨어져서 공중을 날았다.

하지만 팔 층 전각부터 따라온 망자들은 물론, 사방팔방에서 지붕 위로 올라오는 망자 떼를 모두 죽이기란 불가능했다.

당청이 당호에게 명령했다.

"앞장서서 길을 안내해라!"

이 조 앞은 꾸역꾸역 몰려드는 망자들로 발 디딜 틈이 없을 정도였다.

하지만 지하 도시의 탈출구를 알고 있는 당호는 한 치의 망설임도 없이 앞으로 나섰다.

"예."

당호가 선두에 서자 자연히 장청도 옆으로 따라 나가게 됐다.

장청이 침을 꿀꺽 삼키며 말했다.

"우리보다는 정결사태가 선두를 맡는 쪽이 좋지 않을까?"

"…떠들 시간 있으면 망자나 퇴치하시죠?"

당호의 목소리가 평소와 달리 싸늘하게 식어 있었다.

사람은 위기에 처해야 비로소 진면목이 드러난다.

독혈을 뒤집어쓰는 바람에 얼굴이 크게 상한 장청. 과거 호연지기 넘치는 언행으로 창천칠조를 이끌던 모습이 사라지자 겁에 질린 삼류 강호인의 추한 몰골만 남게 된 것이었다.

장청은 지붕으로 올라오는 망자들에게 검을 휘두르며 당호의 뒤를 따라갔다.

그때 그의 시야에 이상한 광경이 들어왔다.

"저건 설마……."

멀리 떨어진 건물 틈새에서 수상쩍은 인물들이 이동하는 모습이었다.

인물들은 금세 어둠 속으로 들어가서 사라졌다. 하지만 그들이 망자가 아니라는 것은 한눈에 알 수 있었다.

장청은 그들이 이동하던 방향으로 고개를 돌렸다. 그러자 팔 층 전각이 나오는 게 아닌가?

순간 장청은 어떤 상황이 벌어지고 있는지 깨달았다.

"당호, 잠깐만!"

"또 왜 그러십니까?"

"지금 삼 조를 봤다!"

"뭐라고요? 그게 정말입니까?"

장청이 당호에게 대답하려는 찰나, 누군가가 끼어들었다.

"설명해라. 삼 조를 봤다고?"

언제 대화를 들었는지 당청이 둘 사이로 몸을 날리며 질문을 던졌던 것이다.

잠깐 멍하니 있던 장청은 당청이 날카로운 눈빛으로 응시하자 침을 삼키며 입을 열었다.

"그, 그게… 삼 조가 여기 지하 황궁에 있습니다!"

"그게 정말이냐?"

"네! 제 눈으로 똑똑히 봤습니다!"

장청은 한번 입을 열자 봇물이 터진 것처럼 말을 쏟아냈다.

"삼 조가 팔 층 전각 쪽으로 이동하고 있었습니다! 망자들과 싸우기는커녕 쥐새끼처럼 몰래 숨어서요! 이는 필시 자기들만 도망치려고 수작을 부리는 겁니다!"

"흐음, 삼 조가 팔 층 전각으로 가고 있단 말이지."

같은 당문 출신의 피를 받아서 그런 것일까? 당청의 눈이 꼭 당호의 눈매처럼 옆으로 길게 가늘어졌다.

그녀가 품에 손을 넣어 연락부를 꺼냈다.

연락부는 두 개의 획이 지워진 것은 물론, 중앙에 찍힌 붉은 점마저 어느새 사라져 있었다.

오 조, 소림 방장마저 작전에 실패했다는 뜻.

사 조는 제갈성과 그가 부리는 방파의 무사들이다. 그들은 지하 도시가 아니라 바깥 도성에서 진을 친 채 잠행조의 연락을 기다리고 있으리라. 즉, 사 조는 시황을 제거하는 작전에는 직접 참가하지 않은 셈이었다.

그렇다면 남은 것은 삼 조 하나뿐.

그런데 삼 조를 표시하는 획은 사라지지 않은 채 그대로였다.

당청이 피식 웃으며 중얼거렸다.

"애물단지인 줄 알았더니 제법이군."

그녀가 딴청을 피우자 장청이 조바심을 내며 말했다.

"이러다간 삼 조가 자기들만 도망칩니다! 빨리 놈들을 뒤쫓아야……."

그때 당청이 손을 들어 장청의 말을 막았다.

"지금 삼 조를 쫓아가서 어쩌자는 것이냐? 모처럼 망자들에게 들키지 않았는데 우리가 중간에 끼어들어서 삼 조까지 망자들의 눈에 노출되게 하자는 것이냐?"

"제 말은 그게 아니라……."

"듣기 싫다. 삼 조는 연락부를 찢지 않았다. 아직 작전 중이라는 뜻이지."

"네? 설마 삼 조 같은 강호의 삼류 놈들이 작전에 도움이 되리라곤……."

"창천칠조의 인물 중에서 곤륜파의 제자가 단연 군계일학이라고 들었다. 이제 보니 곤륜파가 중원에서 너무 먼 바람에 조장을 맡지 못했던 것이었군."

당청은 그 말을 끝으로 몸을 돌렸다.

그녀의 말뜻은 분명했다. 눈앞의 장청보다는 송연화가 창천 칠조의 조장에 어울린다는 뜻.

장청의 얼굴이 대번에 붉게 상기되었다.

그가 그냥 물러서지 않고 반박했다.

"그럼 삼 조가 자기들끼리 도망치는 것을 보고만 있을 겁니까? 이대로라면 우리 이 조는 놈들을 위해서 스스로 미끼가 되는 꼴……."

순간 장청의 눈에 번쩍 불똥이 튀었다.

짝!

당청이 등을 돌린 채 팔을 기이하게 비틀어서 장청의 뺨을 후려친 것이었다.

그녀가 당호를 보며 말했다.

"미끼? 당문이 남의 미끼가 될 것 같으냐?"

"절대 그런 일은 없죠."

당청과 당호가 가늘어진 눈매를 하고 동시에 미소를 흘렸다.

"이 조의 새 작전을 말하겠다. 삼 조가 작전을 수행하는 동안 우리는 망자 떼를 유인한다."

좌르륵. 그녀가 금룡편을 지붕 위에 내려뜨리며 말했다.

"망자들을 한쪽으로 유인해서 일거에 쓸어버리는 거다!"

장청이 그림자 속에 숨어서 이동하는 삼 조를 발견하고 보고했다.

하지만 당청은 삼 조를 그대로 두라고 명령했다.

"삼 조는 연락부를 찢지 않았으니 아직 작전 중이다."

"설마 강호의 삼류들을 믿으시는 겁니까?"

"삼류?"

당청이 얼음처럼 냉랭한 미소를 던졌다.

"일류인지 삼류인지는 세 치 혀가 아니라 행동이 말해주는 것이다."

그녀는 더는 상대할 가치도 못 된다는 듯 장청을 외면하고 이 조 일행에게 명을 내렸다.

"모두 지하 황궁을 떠나서 동혈로 들어간다!"

그 말에 장청이 기겁하며 말했다.

"지금 동혈로 들어가면 팔 층 전각으로 탈출하는 것은 영영 불가능해집니다!"

"겁나면 혼자 돌아가라."

당청은 한마디 말을 내뱉고는 몸을 돌려서 지붕 위를 건너뛰었다. 다른 일행도 그녀의 뒤를 따랐다.

장청은 주저하면서 뒤를 돌아봤다.

지붕 위는 물론 건물과 건물의 틈새에서 망자들이 수도 없이 쏟아져 나왔다.

마치 사막에서 불어오는 자욱한 먼지폭풍을 보는 것 같은 장면.

저들을 뚫고 팔 층 전각까지 갈 수 있을까? 장청은 힘없이 고개를 저었다. 결국 그는 할 수 없이 몸을 돌려서 이 조 일행을 뒤따라갔다.

그때 이 조 일행이 달리는 방향과 멀리 떨어진 곳의 동혈에서 한 무리의 인영들이 나왔다.

그들은 다름 아닌 일 조 소림승들이었다.

일 조를 발견한 당청이 내력을 실어서 힘껏 외쳤다.

"일 조도 작전에 실패했는가?"

"그렇습니다."

귀청을 울리는 굵은 목소리. 진문이 당청의 말에 대답한 것이었다.

"우리 중에 부상자가 있어서 피 냄새 때문에 더는 망자를 속일 수 없습니다. 이 조는……."

진문이 말을 멈추며 주춤했다. 일 조와 이 조는 멀리 떨어져 있지만, 이 조 일행이 모두 전신에 피 칠갑을 하고 있는 모습을 알아차렸던 것이다.

"피 냄새라면 우리 이 조를 능가할 조는 없지!"

아니나 다를까, 당청이 호탕하게 웃음을 터뜨렸다.

"호랑이를 잡으려면 고기 냄새로 불러야 하지 않겠소? 아하하하하!"

"…아미타불."

항상 침착함을 잃지 않는 진문도 당청의 대담함에는 할 말이 없는지 아미타불만 읊었다.

곧 당청이 웃음을 그치더니 냉랭한 목소리로 말했다.

"이 조 조장으로서 일 조에게 조언하겠소."

"말씀하십시오."

"팔 층 전각은 망자들로 뒤덮여서 탈출이 불가하오. 길을 되돌아가서 탈출하시오."

당청의 말에 진문은 심장이 쿵 내려앉는 기분이었다.

중상을 입은 막내 진명을 부축하며 간신히 헤쳐 나온 동혈.

그런데 망자가 들끓는 동혈로 다시 돌아가야 한다니? 게다가 동혈 속 어딘가에는 광명좌사가 일 조의 뒤를 추격하고 있지 않은가?

진문이 반문했다.

"일 조와 이 조가 힘을 합치면……."

그런데 당청이 일언지하에 말을 잘랐다.

"아니. 팔 층 전각은 위험하니 접근하지 마시오. 이건 무림 명숙으로서 내리는 명령이오."

"……."

진문은 당청의 명령을 좀처럼 이해할 수 없었다.

일 조와 이 조가 힘을 합치면 망자 떼를 뚫고 팔 층 전각으로 탈출할 수 있으리라. 최소한 동혈 속으로 들어가 다른 탈출구를 찾는 것보다는 희생이 덜하리라.

그런데도 팔 층 전각에 접근하지 말라고 명령을 내린다?

순간 어떤 생각이 진문의 뇌리를 스쳤다.

"알겠습니다."

"그럼 무운을 빌지, 아하하하!"

진문이 짐작한 당청의 뜻은 이랬다.

팔 층 전각에 접근하지 마라. 즉, 그곳에서 무언가 작전이 행해지고 있다는 뜻이리라. 망자들에게 절대 들키면 안 되는 어떤 작전이…….

진문이 사제들을 보며 명령했다.

"모두 동혈로 들어가서 다른 탈출로를 찾는다."

천신만고 끝에 지하 황궁에 도착했는데 다시 동혈로 들어간다? 만약 강호의 다른 문파였다면 명령에 따르더라도 기운이 빠지는 것은 어쩔 수 없었을 것이다.

그러나 소림 십팔나한의 눈은 총총히 빛났다.

"예, 사형."

진공을 포함한 사제들이 고개를 숙이며 명을 받들었다.

진공이 물었다.

"사형, 그럼 어디로 향할 생각입니까?"

"…불가의 방으로 간다."

진문은 이전 잠행에서 불가의 방까지 간 적이 있었다. 비록 마지일의 농간 때문에 약방에서 발길을 돌려야 했으나, 유심히 길을 살핀다면 다시 찾아가는 데 무리는 없으리라.

게다가 선택의 여지가 없지 않은가.

불가의 방까지 가든지, 아니면 망자들에게 포위되어 죽든지.

"가자."

진문은 아직 걸을 수 없는 진명을 등에 업은 채 몸을 돌렸다.

그때였다.

진문의 앞에 망자 하나가 불쑥 튀어나왔다.

진문은 소림승들 중에서도 가장 키가 크고 건장한 체구인데, 망자는 진문에 맞먹을 만큼 덩치가 컸다.

하지만 실제 망자의 덩치는 진문과 비교할 바가 아니었다.

"으흐흐흐, 어딜 가려고?"

망자는 상하체가 따로 돌아다니는 광명우사였다. 그는 상체만 있는 몸으로도 진문의 체구에 꿀리지 않을 만큼 거대했던 것이다.

"죽어랏!"

광명우사가 몸을 날리며 진문을 향해 쌍권을 내질렀다.

진명을 업고 있어서 양팔이 자유롭지 않은 진문은 몸을 비틀며 한쪽 발을 들어올렸다.

손이 없으면 발.

턱! 진문의 무릎이 광명우사의 쌍권을 막았다. 이어서 진문은 발을 빙글 돌려서 광명우사의 가슴팍에 소림 각법을 내질렀다.

진문은 진명을 업었지만 광명우사 역시 두 발이 없다.

그런데 무릎 차기로 쌍권을 막은 진문의 승리라고 생각하는 찰나.

부우우웅!

어느새 뒤로 돌아간 광명우사의 하체가 진문의 등으로 날아오며 각법을 뻗은 것이었다.

"사제 덕분에 네놈은 멀쩡하겠군, 크흐흐흐!"

진문이 업고 있는 진명이 각법을 대신 맞게 된 것을 조롱하는 말.

진문은 입술을 질끈 깨물며 절망했다.

순간 어두운 허공에서 무언가가 휙 떨어졌다.

터엉!

공중 높이 도약한 소림 방장이 아래로 내려오며 광명우사의 하체에 일권을 먹인 것이었다.

기세 좋게 각법을 날리던 하체는 기왓장을 부수며 지붕 위에 주저앉았다.

와장창창!

소림 방장은 망자들을 처치하며 동혈로 돌아가는 중이었다. 그러다가 광명우사가 일 조를 노리는 것을 발견하고 삼장 높이의 담벼락에서 몸을 날려서 진문과 진명을 구해낸 것이었다.

"방장님!"

"모두 동혈로 피해라."

소림 방장이 합류하자 소림승들은 기운이 백배가 되었다. 그들은 뒷일은 방장에게 맡기고 몸을 돌려 동혈을 향해 달렸다.

"땡초 놈들이 감히 누구 앞에서 등을 돌리는 것이냐!"

광명우사의 상체가 두 손으로 기왓장을 짚고 달리며 소림 방장에게 덤볐다.

타타타탓!

동시에 일권을 맞은 하체도 어느새 몸을 일으키고 지붕 위를 달리기 시작했다.

이어서 광명우사의 상하체가 소림 방장의 양옆에서 동시에 몸을 날렸다.

부우우웅!

상체는 양팔을 뻗어 쌍권을 내질렀고 하체는 두 발을 풍차처럼 빙빙 돌리며 각법을 퍼부었다.

마치 두 명의 고수가 합공을 펼치는 것 같은 장면.

그런데 소림 방장은 각법에 맞아 등뼈가 부러지든 말든 신경 쓰지 않는 듯이 상체를 향해 돌진하는 것이 아닌가?

막상 소림 방장이 동귀어진의 기세로 달려들자 광명우사의 상체는 멈칫할 수밖에 없었다.

"설마 동귀어진이냐?"

상체는 내지르던 쌍권을 회수하며 방어 태세를 갖췄다.

그제야 상체의 입가에 다시 미소가 흘렀다. 동귀어진? 설령 소림권에 두 팔이 분질러지더라도 눈앞의 땡초는 척추가 부러지고 말리라.

"으흐흐흐!"

그때 갑자기 소림 방장의 신형이 빙글 돌았다.

동시에 뒤로 발을 뻗어서 광명우사 하체의 낭심을 그대로 내질렀다.

떠엉! 살을 찼으나 마치 범종을 친 것 같은 굉음이 터졌다. 망자가 아니라 그냥 사내였다면 입에 게거품을 물고 혼절할 타격.

소림 각법을 정통으로 맞은 하체는 어둠 속 멀리 부웅 날아가 버렸다.

광명우사의 상체가 욕설을 내뱉었다.

"이 개새끼가!"

하지만 욕을 할 시간에 무공을 펼치는 게 좋았으리라.

소림 방장이 바닥을 차며 어느새 코앞으로 달려든 것이었다.

"……!"

광명우사는 쌍권을 휘둘러 막으려고 했으나 이미 때는 늦었다.

소림 방장의 발이 지붕에 떨어지며 진각을 밟았다. 텅! 지붕 위의 기왓장이 붕 떠올랐다가 출렁 내려앉았다.

이어서 천지를 뒤엎는 강맹함으로 이름난 소림 심의권이 폭발했다.

소림 방장의 어깨가 광명우사의 가슴팍을 파고들며 충돌했다.

퍼엉!

광명우사의 상체가 비명도 못 지른 채 붕 떠서 날아갔다.

뒤늦게야 가슴뼈가 통째로 내려앉으며 주위의 갈비뼈가 몽땅 박살 났다. 빠각! 계속해서 심의권의 충격은 사라지지 않고 목을 꺾으며 척추를 부러뜨렸다. 와드득!

상체는 그렇게 십여 장을 날아가서 지붕 아래로 떨어졌다.

털퍼덕.

망자인 이상 숨통이 끊어지지는 않으리라.

그러나 다시 일어나려면 상당한 시간을 소비해야 할 것이다. 아니, 핏물을 흡수하지 못한다면 혼자 힘으로는 영영 일어나지 못한 채 바닥을 뒹굴지도…….

이전에 소림사행을 공포에 떨게 만들었던 칠 척 거한 광명우사.

하지만 기괴한 모습으로 팔과 다리를 몸통에 붙여서 내뿜던 그의 괴력은 당금 무림의 최고수를 상대해서는 아무것도 아니었다.

천외천. 힘을 내세우던 자는 정말 강한 힘을 맞이하자 꼼짝없이 무릎을 꿇고 만 것이다.

그러나 광명우사가 초주검이 되든 말든 혼백 없는 망자 떼는 겁도 없이 소림 방장을 향해 꾸역꾸역 몰려들었다.

키에에엑!

망자들에게 꼼짝없이 포위될 찰나, 소림 방장이 두 발을 지붕에 굳건히 디디고 함성을 내질렀다.

하아압!

쩌러러렁!

항마의 기운을 담고 있다는 소림사의 사자후.

소림 방장의 사자후 일성(一聲)이 지붕을 휩쓸고 지나가자 망자들은 춤을 추듯이 몸을 휘청거리며 쓰러지거나 나동그라졌다.

망자 떼를 일순 제압한 소림 방장은 몸을 돌려서 일 조의 뒤를 따라갔다.

그때 막 동혈까지 가는 데 성공한 이 조도 사자후를 들었다.

소림 방장의 사자후 위력은 실로 대단했다. 이 조의 뒤를 쫓아오던 망자들까지 움찔하며 자리에서 발을 멈췄던 것이다.

하지만 곧 망자들은 정신을 차리고 이 조를 향해 달려들었다.

당청이 당호에게 물었다.

"어디로 탈출할 생각이냐?"

당호는 눈을 가늘게 뜨고 무언가를 생각하더니 대답했다.

"무림맹주님과 일 조는 아마 불가의 방 탈출로로 갈 것입니다."

"그렇군. 그럼 우리는?"

"우리는 잠행 때 처음 지나왔던 잔도가 이 동혈에서는 가장 가깝습니다. 하지만."

당호가 잠깐 말을 멈췄다가 입을 열었다.

"도중에 망자들이 가장 많이 득시글거리는 경로죠."

그 말에 당청은 양미간을 찡그리기는커녕 씨익 미소를 지으며 말했다.

"탈출도 하고 망자도 처치하고, 일거양득이로군. 그렇지 않냐?"

"맞습니다."

둘은 서로를 보며 고개를 끄덕였다.

방향은 정해졌다. 남은 것은 탈출뿐.

이 조는 추격해 오는 망자 떼를 뒤로하며 달리기 시작했다.

일 조와 이 조가 지하 황궁에서 탈출하고 있을 때.

삼 조는 철저히 은신을 유지한 채 팔 층 전각을 향해 이동하고 있었다.

팔 층 전각은 지하 황궁의 중심에 위치해 있다. 그러나 중심으로 갈수록 망자들의 숫자가 뜸해졌다. 망자들이 피투성이가 된 이 조를 몽땅 따라갔기 때문이었다.

명령자의 조종과는 상관없이 반사적으로 움직일 만큼 진한 피 냄새.

삼 조에게는 하늘이 준 기회나 다름없었다.

간혹 골목 모퉁이에서 망자들이 하나둘 튀어나왔다.

그때마다 정영의 척사검과 임윤의 단창이 망자들이 불쌍할 만큼 순식간에 목을 베고 뼈를 갈아서 숨통을 끊었다.

망자들은 삼 조의 기척을 전혀 눈치채지 못했다. 그저 이 조가 풍기는 피 냄새를 뒤쫓다가 삼 조와 마주친 것이 그들에게는 불행인 셈이었다.

망자 떼에게 들키면, 혹은 명령자의 시선에 포착되면 모든 일은 물거품이 돼버린다.

한 걸음, 한 걸음 피를 말리는 이동.

그렇게 차 한 잔 마실 시간이 지났을 때였다.

삼 조는 드디어 팔 층 전각에 도착했다.

『실명무사』 12권에 계속…

초대형 24시 만화방

신간 100%, 샤워실, 흡연실, 수면실(침대석), 커플석, 세탁기 완비

■ 광명 광명사거리역점 ■

경기도 광명시 오리로 986 광명사거리역 6번 출구 앞 5층
02) 2625-9940 (솔목타워 5층)

■ 강북 노원역점 ■

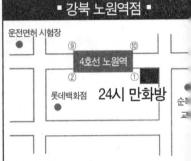

서울 노원구 상계동 340-6 노원역 1번 출구 앞 3
02) 951-8324 (화용빌딩 3층)

■ 일산 정발산역점 ■

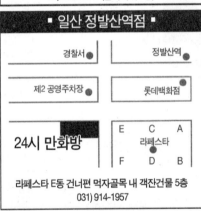

라페스타 E동 건너편 먹자골목 내 객잔건물 5층
031) 914-1957

■ 일산 화정역점 ■

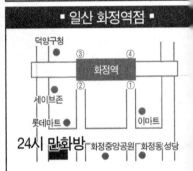

경기도 고양시 덕양구 화정동 984번지 서일빌딩
031) 979-4874 (서일사우나 건물 7층)

■ 부천 역곡역점 ■

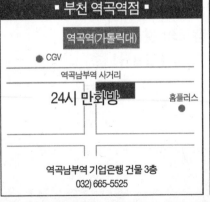

역곡남부역 기업은행 건물 3층
032) 665-5525

■ 부평역점 ■

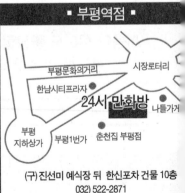

(구) 진선미 예식장 뒤 한신포차 건물 10층
032) 522-2871

검선마도

조돈형 무협 판타지 소설

매화가 춤을 추고 벽력이 뒤따른다!

분심공으로 생각과 행동을
둘로 나눌 수 있게 된 풍월.

한 손엔 화산파의 검이, 다른 한 손엔 철산도문의 도가.
그를 통해 두 개의 무공이 완벽하게 하나가 된다.

검과 도, 정도와 마도!
무결점의 합공이 시작된다.

Book Publishing CHUNGEORAM

유행이 아닌 자유추구 -
WWW.chungeoram.com

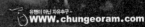